Eike Stiegel

Krimi Rätselbuch für Teenager

LÖSE SPANNENDE RÄTSEL UND TESTE DEINE FÄHIGKEITEN, VERBRECHEN AUFZUKLÄREN

Einleitung

Hast du schon immer davon geträumt, als Detektiv spannende Kriminalfälle zu lösen? Hier ist deine Chance. Mit dem Buch „Krimirätsel für Teenager“ tauchst du ein in die spannende Welt der Detektive und Ermittler. Es erwarten dich knifflige Rätsel und mysteriöse Fälle, die dein logisches Denken und deine Kombinationsgabe auf die Probe stellen.

Stell dir vor, du kommst an einen Tatort und siehst dich mit einem scheinbar unlösbaren Verbrechen konfrontiert. Du musst Zeugen befragen, um wertvolle Hinweise zu erhalten. Jede Aussage kann den entscheidenden Unterschied machen. Doch Vorsicht, nicht jeder sagt die Wahrheit.

Neben Spurensuche und Zeugenbefragung gilt es, Fluchtwege zu entschlüsseln. Welchen Weg hat der Täter genommen, um unerkannt zu entkommen? Finde heraus, welche Hinweise er auf seiner Flucht hinterlassen hat. Manchmal ist es eine unscheinbare Fußspur im Sand, ein abgebrochener Ast oder eine geheimnisvolle Nachricht, die zum nächsten Schritt führt.

Aber das ist noch nicht alles. Du musst auch komplexe Codes knacken und verschlüsselte Botschaften entschlüsseln. Ob ein Brief in Geheimschrift oder eine rätselhafte Zahlenkombination - nur dein Scharfsinn führt dich ans Ziel.

Dieses Buch bietet dir die perfekte Mischung aus Spannung und Herausforderung. Jedes Rätsel stellt dich vor neue Aufgaben, die deine Fähigkeiten als Nachwuchsermittler auf die Probe stellen. Bist du bereit, die Rätsel zu lösen und die Verbrecher zur Strecke zu bringen? Tauche ein in die Welt der Kriminalistik und finde heraus, ob du das Zeug zum Meisterdetektiv hast.

Mach dich bereit für eine spannende Reise voller Geheimnisse und Herausforderungen. Dein Detektiv-Abenteuer beginnt jetzt!

"Jeder Mensch ist sowohl zu Gutem als auch zu Bösem fähig; es sind unsere Entscheidungen, die uns definieren."

1.

DER FALL HINTERKAIFECK:

Ein Rätsel aus der Vergangenheit

In der kleinen bayrischen Gemeinde Hinterkaifeck ereignete sich im Jahr 1922 einer der rätselhaftesten Mordfälle Deutschlands. Der Bauernhof der Familie Gruber wurde zum Schauplatz eines grausamen Verbrechens, das bis heute ungelöst ist.

Am Abend des 31. März 1922 geschah das Unvorstellbare. Andreas Gruber, seine Frau Cäzilia, ihre verwitwete Tochter Viktoria Gabriel und deren beiden Kinder, die siebenjährige Cäzilia und der zweijährige Josef, wurden brutal ermordet. Auch die neu eingestellte Magd Maria Baumgartner fiel dem Mörder zum Opfer. Die Leichen wurden in der Scheune des Hofes gefunden, sorgfältig übereinandergestapelt und mit Heu bedeckt.

Die Ermittlungen ergaben, dass der Täter vermutlich mehrere Tage auf dem Hof geblieben war, die Tiere versorgt und sogar Mahlzeiten zubereitet hatte. Trotz umfangreicher Untersuchungen und zahlreicher Verdächtigungen konnte der Mörder nie gefasst werden. Die mysteriösen Umstände und der brutale Tathergang machten den Fall zu einem der bekanntesten Kriminalfälle in Deutschland.

QUIZFRAGEN

1. Welche ungewöhnliche Tatsache entdeckten die Ermittler am Tatort in Hinterkaifeck, die darauf hinwies, dass der Täter möglicherweise noch mehrere Tage auf dem Hof geblieben war?

a) Der Täter hatte mehrere Briefe hinterlassen.

b) Der Täter hatte die Tiere versorgt und Mahlzeiten zubereitet.

c) Der Täter hatte die Leichen einbalsamiert.

d) Der Täter hatte alle Türen und Fenster des Hofes verschlossen.

2. Wer gehörte nicht zu den Opfern des Hinterkaifeck-Massakers?

a) Andreas Gruber

b) Viktoria Gabriel

c) Maria Baumgartner

d) Karl Meier

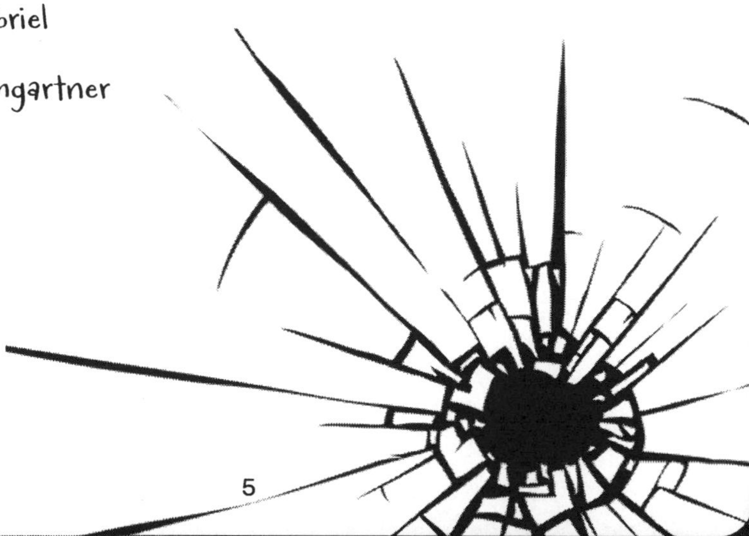

3. **Welche Gegenstände wurden benutzt, um die Leichen in der Scheune zu bedecken?**

a) Strohmatten

b) Decken

c) Heu

d) Tücher

4. **In welchem Jahr ereignete sich das Hinterkaifeck-Massaker?**

a) 1918

b) 1922

c) 1925

d) 1930

2.

FLUCHT AUS DEM HOTELZIMMER

Der Tatverdächtige versteckt sich im Hotel Adler, welches 49 Zimmer hat. Kannst du das richtige Hotelzimmer finden?

a) Die Summer der Ziffern ist kleiner 6.

b) Die erste Ziffer ist nicht 4.

c) Die zweite Ziffer ist nicht 2.

d) Die Zahl ist nicht durch 2 teilbar.

51	52	53	54	55	56	57	58	59
41	42	43	44	45	46	47	48	49
31	32	33	34	35	36	37	38	39
21	22	23	24	25	26	27	28	29
11	12	13	14	15	16	17	18	19

3.

FINDE DEN ZEUGEN

In der Ahornstraße stehen fünf Häuser, die alle gleich aussehen. Du hast nun die Aufgabe, den Zeugen Herrn Mozart zu finden, der einen Autounfall in dieser Straße beobachtet hat. Du weißt, dass Herr Mozart mit seiner Frau und seiner Tochter in einem Haus wohnt.
Finde das Haus, in dem er wohnt, damit du ihn befragen kannst.

Hier sind deine Hinweise:

a) Es gibt zwei Häuser und die Kinder, die darin wohnen, sind Jungen. Eines ist Haus A und das andere ist entweder Haus C oder Haus D.

b) In einem der Häuser wohnt eine Witwe allein. In einem Gespräch sagte sie, dass ihr die Art und Weise gefällt, wie ihre direkten Nachbarn ihren Garten pflegen und wie sie ihre Töchter mit einbeziehen.

c) Ein Paar ohne Kinder hat auf beiden Seiten Familien mit Kindern als Nachbarn.

d) Herr Mozart sagte in einem früheren Interview, dass er glaubt, dass seine direkten Nachbarn links und rechts nichts von dem Autounfall mitbekommen haben, da sie zu der Zeit bei der Arbeit oder in der Schule waren.

4.

REKONSTRUIERE DIE FLUCHTROUTE

Der Täter ist geflohen und du bist ihm auf der Spur. Hier findest du eine Karte mit seiner Fluchtroute. Rekonstruiere sie. Es gibt nur einen möglichen Weg.

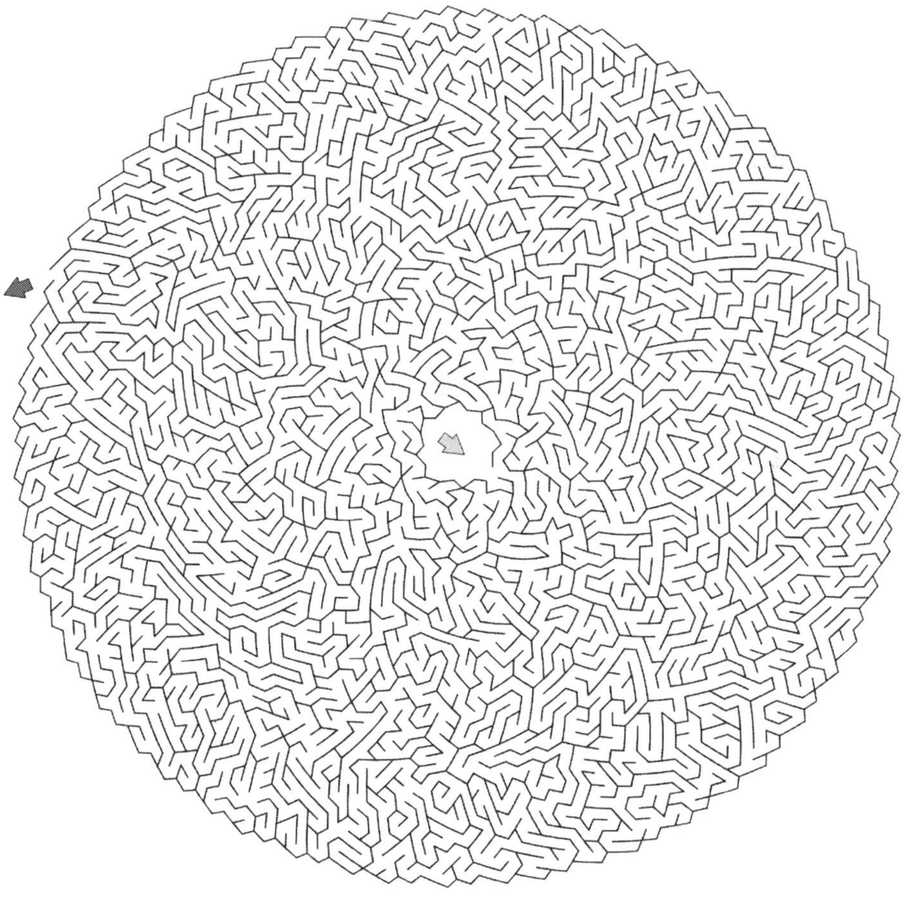

5.

SPURENSICHERUNG:

Fingerabdruck

Du hast am Tatort Fingerabdrücke sichergestellt. Vergleiche den sichergestellten Fingerabdruck mit anderen Fingerabdrücken aus der Datenbank und finde die Übereinstimmung.

Tatort:

Datenbank:

6.

KNACKE DEN CODE

Du stehst vor einem Safe, der durch einen vierstelligen Code gesichert ist. Um den Code zu finden, musst du die folgenden Hinweise entschlüsseln:

Hinweis 1: Die Summe aller vier Ziffern ist 26.

Hinweis 2: Die dritte Ziffer ist doppelt so groß wie die erste Ziffer.

Hinweis 3: Die zweite Ziffer ist um 4 größer als die erste Ziffer.

Hinweis 4: Die vierte Ziffer ist um 2 kleiner als die zweite Ziffer.

7.

DIE GEHEIMEN ZAHLEN

Szenario:
Ein berühmter Mathematiker, Dr. Jameson, wurde in seinem Arbeitszimmer ermordet aufgefunden. Auf seinem Schreibtisch hinterließ er drei scheinbar unvollständige Zahlenfolgen, die Hinweise auf den Mörder geben sollen. Dr. Jameson war bekannt für seine Liebe zu Zahlenrätseln. Du musst die fehlenden Zahlen herausfinden, um den Fall zu lösen.

Die Zahlenfolgen:

1. 1, 4, 9, 16, 25, ?
2. 2, 3, 5, 7, 11, ?
3. 1, 1, 2, 3, 5, 8, ?

Hinweise:

Hinweis 1: Jede Zahlenfolge folgt einem bestimmten mathematischen Muster.

Hinweis 2: Die letzte Zahl jeder Folge bildet zusammen eine dreistellige Zahl, die den Safe mit dem entscheidenden Beweis öffnen kann.

Hinweis 3: Die Reihenfolge der Zahlenfolgen ist wichtig und gibt die Reihenfolge der Ziffern im Code an.

8.
VERFOLGUNGSJAGD

Du willst eine Tatverdächtige in einem Mordfall befragen, doch du stellst fest, dass sie auf der Flucht ist. Du hast einige Hinweise auf die Fluchtroute bekommen. Kannst du die Fluchtroute anhand der nachfolgenden Hinweise rekonstruieren?

a) Die Flucht begann und endete in verschiedenen Ländern.

b) Die Reisen nach Bonn und nach Frankfurt waren nicht hintereinander.

c) Sie reiste direkt von Stuttgart nach München.

d) Die Tatverdächtige reiste nach Wien einige Zeit bevor sie nach Salzburg reiste.

e) Bonn und Stuttgart wurden nacheinander bereist sowie München und Frankfurt.

f) München war eine der ersten vier bereisten Städte.

9.

DIE VERWORRENE NOTIZ

Du hast eine Notiz im Haus eines Mordopfers gefunden. Leider sind die Buchstaben der einzelnen Wörter vertauscht. Kannst du die Notiz trotzdem entschlüsseln?

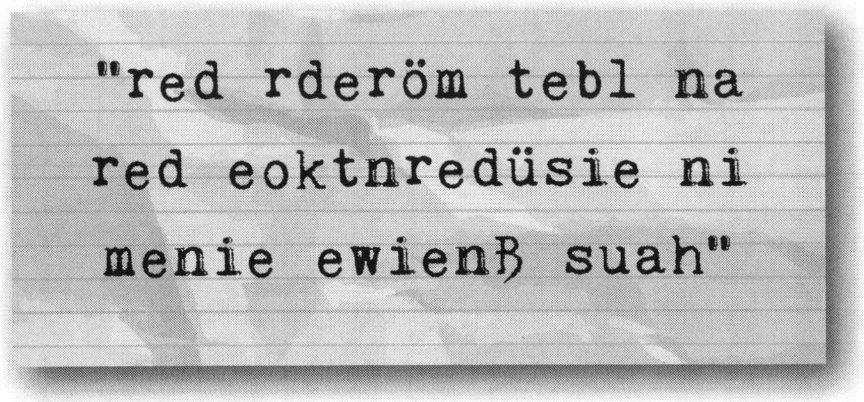
"red rderöm tebl na
red eoktnredüsie ni
menie ewienß suah"

10.

WORTSUCHE

Ein Mord am See

Im folgenden Wortsuchrätsel sind 10 Wörter versteckt, die passend zum Thema „Ein Mord am See“ ausgewählt worden sind.

Kannst du alle finden?

Z	Z	K	R	I	M	I	N	A	L	P	O	L	I	Z	E	I	W	R	J
N	D	Q	G	P	U	E	E	I	A	D	U	S	L	U	L	L	A	P	V
N	G	N	A	L	G	F	G	T	A	T	W	A	F	F	E	O	S	S	O
G	J	P	N	O	O	R	F	V	E	F	I	N	Z	R	Z	K	S	Q	W
S	C	C	I	A	T	W	Y	D	K	X	F	S	S	T	D	M	E	E	Q
E	S	P	U	R	E	N	S	I	C	H	E	R	U	N	G	V	R	O	T
I	X	E	U	C	L	D	S	K	T	N	J	N	I	O	T	V	L	P	A
X	Q	V	U	H	B	J	H	A	A	H	T	Q	D	U	B	D	E	F	T
E	N	Q	D	H	R	D	Y	S	Q	G	A	J	C	O	W	R	I	E	Z
S	S	T	E	G	S	G	W	H	S	B	R	S	W	R	A	P	C	R	E
T	A	T	V	E	R	D	A	E	C	H	T	I	G	E	R	Y	H	V	I
N	W	S	T	H	U	C	M	D	Z	R	O	Q	R	I	E	Z	E	P	T
L	K	Y	Y	J	S	P	T	O	S	O	Q	B	D	S	T	X	G	G	P
W	X	C	X	U	P	C	Q	B	E	D	E	O	D	S	I	B	U	J	U
P	S	J	B	B	I	C	M	W	Q	R	A	Q	A	U	N	Z	W	E	N
M	W	A	F	X	W	J	V	E	F	R	D	W	M	N	K	F	C	H	K
X	S	A	C	Q	N	I	S	K	S	S	T	E	A	X	N	T	F	Y	T
T	E	Z	E	N	Q	M	K	K	T	S	D	N	R	C	K	R	I	E	G
J	J	U	K	B	P	U	J	W	Q	R	E	C	W	G	C	D	F	O	D
D	U	S	N	M	A	N	G	R	Q	Q	P	R	U	E	D	D	M	T	N

"In der Dunkelheit offenbart die Wahrheit ihre dunkelsten Geheimnisse."

11.
TÜRSCHLOSS

Ein Dieb hat seine Beute mit einem komplizierten Zahlenschloss gesichert. Das Schloss öffnet sich nur, wenn du alle Felder richtig ausfüllst. Du weißt, dass die Summe von jeder Zeile, Spalte und auch diagonal in jedem Quadrat gleich sein muss.

Kannst du den Code knacken?

		8
9		1
	7	

	9	
3		
8		6

		6
3		7
		2

		4
		3
6		8

	7	
9		1
4		

		2
1		
8	3	

12.

GEHEIMER TREFFPUNKT

Du findest im Haus eines Kriminellen einen Zettel, der den Treffpunkt mit einem anderen Kriminellen verrät. Die Nachricht ist jedoch verschlüsselt. Kannst du herausfinden, wo sich die beiden Verbrecher treffen wollen?

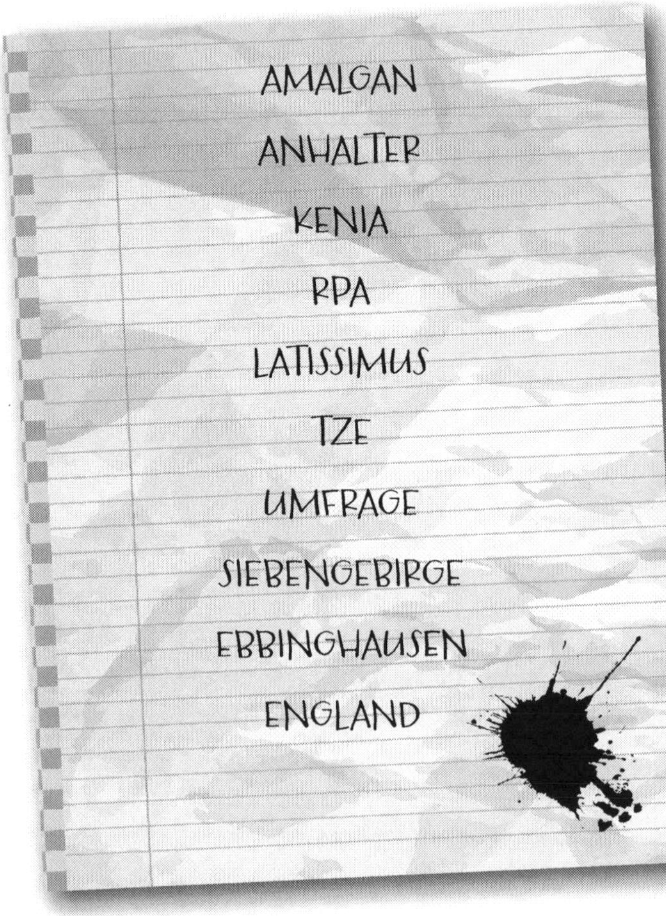

13.

DER BANKÜBERFALL VON GLADBECK

Der Banküberfall von Gladbeck im August 1988 ist eines der bekanntesten Verbrechen in der deutschen Nachkriegsgeschichte und führte zu intensiven Diskussionen über Medienethik und Polizeitaktiken.

Am 16. August 1988 überfielen die beiden Kriminellen Dieter Degowski und Hans-Jürgen Rösner eine Filiale der Deutschen Bank in Gladbeck, Nordrhein-Westfalen. Der Überfall verlief zunächst planmäßig, aber die Polizei traf schnell am Tatort ein, wodurch Degowski und Rösner gezwungen waren, Geiseln zu nehmen. Sie nahmen zwei Bankangestellte als Geiseln und forderten ein Fluchtfahrzeug sowie eine Million Mark.

Die Polizei erfüllte ihre Forderungen, und die beiden Täter begannen eine Flucht, die sich über drei Tage erstreckte und quer durch Deutschland und die Niederlande führte. Während dieser Zeit nahmen sie weitere Geiseln und lieferten sich mehrere dramatische Konfrontationen mit der Polizei.

Die Rolle der Medien während der Geiselnahme wurde stark kritisiert, da Journalisten die Täter interviewten und ihnen dadurch ungewollt zu Aufmerksamkeit verhalfen, was die Situation weiter eskalierte. Schließlich endete die Flucht am 18. August 1988 in einem Verkehrsstau auf der Autobahn A3 bei Bad Honnef, wo die Polizei die Geiselnahme beendete und die Täter festnahm.

Alle Geiseln überlebten das Verbrechen, und Degowski und Rösner wurden später zu lebenslangen Haftstrafen verurteilt. Der Fall führte zu tiefgreifenden Veränderungen in der Berichterstattung über Verbrechen und in den Taktiken der deutschen Polizei bei Geiselnahmen.

QUIZFRAGEN

zum Fall des Banküberfalls von Gladbeck

1. In welchem Jahr fand der Banküberfall von Gladbeck statt?
2. Wie viele Tage dauerte die Geiselnahme und Flucht der Täter?
3. Welche beiden Täter waren für den Banküberfall von Gladbeck verantwortlich?
4. Welche tiefgreifenden Veränderungen ergaben sich aus dem Fall des Banküberfalls von Gladbeck?

14.
RUSSISCH ROULETTE
Teil 1

Ein Bösewicht spielt russisches Roulette mit einem sechsschüssigen Revolver. Er legt eine Kugel ein, dreht die Kammern und schießt auf dich, aber es kommt keine Kugel heraus. Er stellt dich vor die Wahl, ob er die Kammern noch einmal drehen soll, bevor er ein zweites Mal schießt.

Soll er noch einmal drehen?

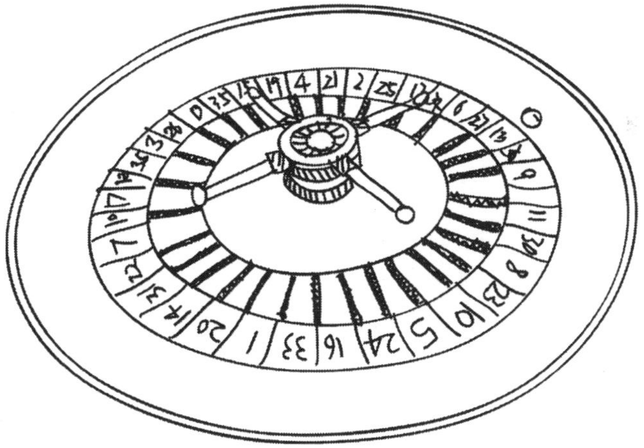

15.

RUSSISCH ROULETTE

Teil 2

Die gleiche Situation wie in Teil 1, aber zwei Kugeln sind in aufeinanderfolgenden Kammern. Solltest du dem Bösewicht sagen, dass er die Kammern noch einmal drehen soll?

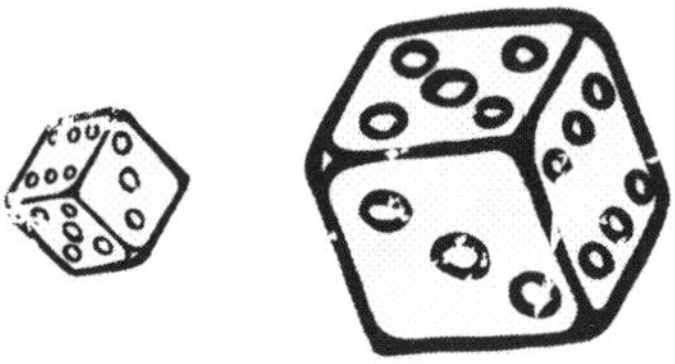

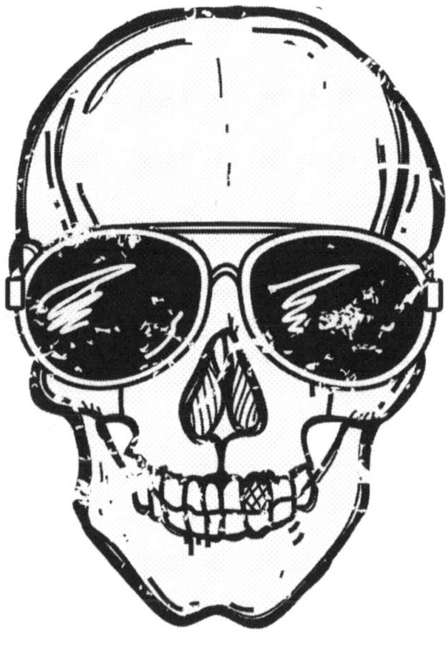

16.

DER ZEUGE IM HOTEL

Du hast erfahren, dass es einen Zeugen in einem Mordfall geben könnte, der wichtige Hinweise für dich hat. Der Hotelier möchte aus datenschutzrechtlichen Gründen keine direkten Angaben machen. Er gibt dir allerdings Hinweise, in welchem Hotelzimmer sich der Zeuge aufhält. Kannst du das richtige Hotelzimmer finden?

a) Die Summe der Ziffern ist kleiner 10.

b) Die Summe der Ziffern ist größer 5.

c) Die erste Ziffer ist größer als die zweite Ziffer.

d) Die zweite Ziffer teilbar durch 4.

51	52	53	54	55	56	57	58	59
41	42	43	44	45	46	47	48	49
31	32	33	34	35	36	37	38	39
21	22	23	24	25	26	27	28	29
11	12	13	14	15	16	17	18	19

17.
FINDE DEN ZEUGEN

Ein schwerer Autounfall in der Birkenstraße. Du hast herausgefunden, dass es einen Zeugen, Felix Meyer, gibt, der nähere Informationen zum Unfall geben kann. Du kennst die Straße des Zeugen, aber nicht die genaue Adresse. In der Birkenstraße stehen fünf Häuser. Du weißt, dass Felix Meyer alleine wohnt, er aber während seiner Beobachtungen mit seinem Hund ein paar Straßen weiter spazieren war.

Finde das Haus, in welchem er wohnt, damit du ihn befragen kannst.

Hier sind deine Hinweise:

a) Von einem weiteren Anwohner in der benachbarten Straße weißt du, dass dieser das Bellen eines Hundes aus den Häusern B und E vernommen hat, als er daran vorbeigelaufen ist.

b) Eine weitere Nachbarin weiß, dass in Haus D ein älteres Paar wohnt, welches gelegentlich auf die Kinder der Familien in der Straße aufpasst.

c) Diese Nachbarin ist sich auch sicher, dass in Haus A ein Kind wohnt, welches sie dort schon hat spielen sehen.

d) Im mittleren Haus wohnt eine Familie mit Teenagern und einem Pool. Die Nachbarin weiß, dass ein Teenager einem jüngeren Kind aus dem Nachbarhaus diesen Sommer das Schwimmen beigebracht hat.

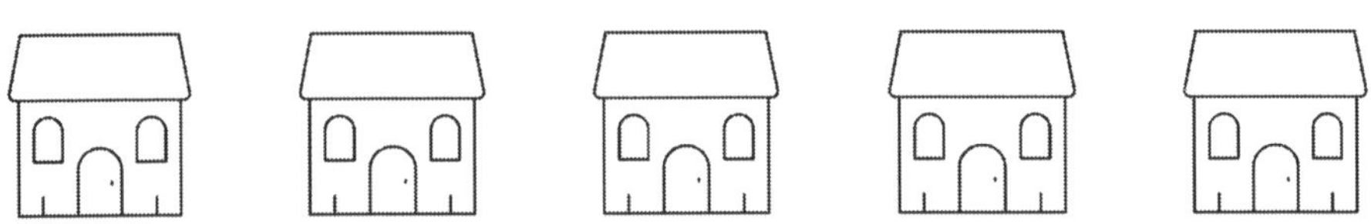

Haus A Haus B Haus C Haus D Haus E

18.

DAS TATMOTIV

Löse das nachfolgende Kreuzworträtsel und entschlüssle so das Tatmotiv in einem Mordfall:

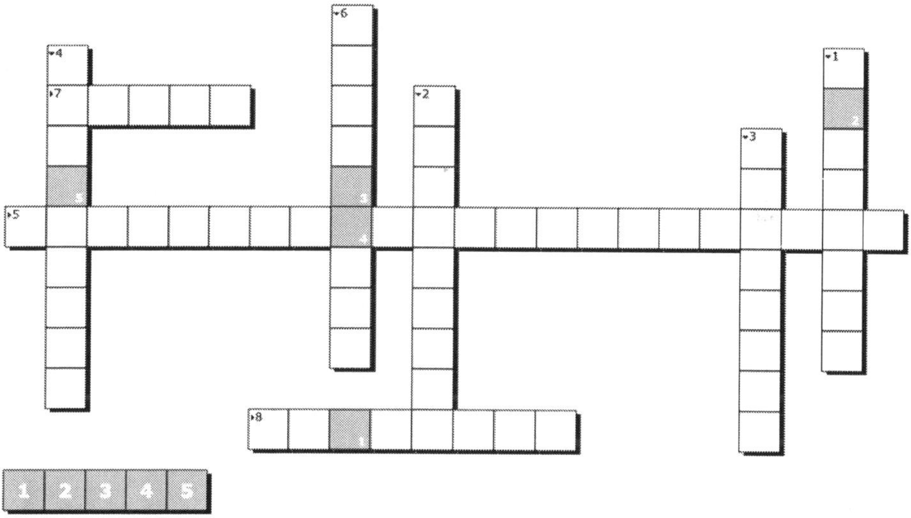

1. Gegenstand, mit dem eine Straftat begangen wurde.
2. Innere Leichenschau
3. Beweismittel in amtlicher Verwahrung
4. Spuren, die durch den Kontakt des Spurenträgers mit Textilie entstehen.
5. Amtsbezeichnung im gehobenen Dienst der Kriminalpolizei
6. Einschuss, der Schauch und Pulver aufweist
7. Nachweis der Abwesenheit vom Tatort zur Tatzeit
8. Fachbegriff Gerichtsmedizin

19.

REKONSTRUIERE DIE FLUCHTROUTE

Der mutmaßliche Tatverdächtige ist auf der Flucht. Rekonstruiere seine Fluchtroute.
Es gibt nur eine mögliche Lösung.

20.
DIE ZWEI TÜREN

Du stehst vor zwei Türen, von denen eine in die Freiheit und die andere in ein Verlies führt. Die zwei Türen werden von zwei Wächtern bewacht. Von einem der beiden Wächter ist bekannt, dass er stets die Wahrheit sagt. Der andere Wächter hingegen ist ein notorischer Lügner und lügt, sobald er den Mund öffnet.

Allerdings wird es dir zumindest erlaubt, einem der beiden Wächter eine einzige Frage zu stellen, bevor du deine Entscheidung für eine Tür triffst.

Wie lässt sich mit nur einer einzigen Frage herausfinden, welche der beiden Türen in die Freiheit führt?

"Der Weg zur Wahrheit ist oft mit Täuschung gepflastert."

21.
FUSSSPUREN

Du und deine Kollegen haben Fußspuren am Tatort sichern können. Leider sind nur Teile des Profils erkennbar. Schaffst du es trotzdem, das passende Match zu finden?

Tatort:

Datenbank:

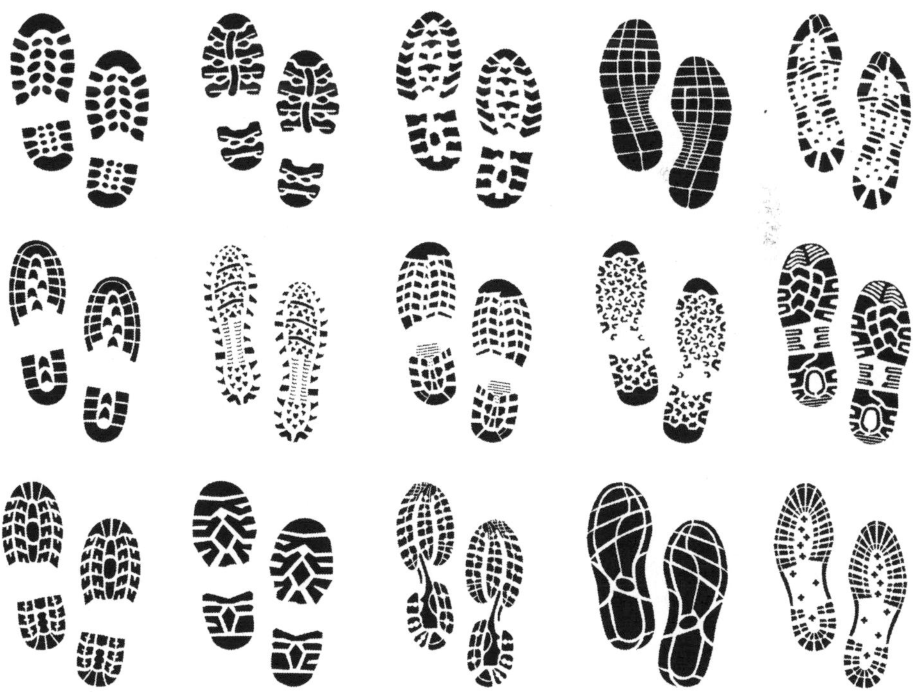

22.

ZAHLENSCHLOSS

Vor einem Schuppen, indem du Lager einer Drogenbande vermutest hängt ein Zahlenschloss. Kannst du mit den nachfolgenden Hinweisen den richtigen Code finden und das Schloss öffnen?

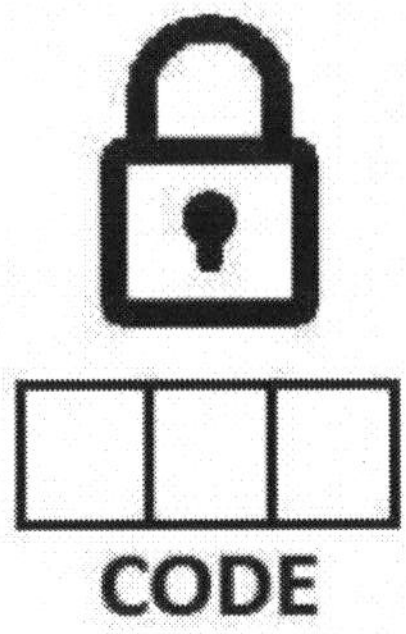

6	8	2	Eine Zahl ist korrekt und an der richtigen Stelle
6	1	4	Eine Zahl ist korrekt, aber an der falschen Stelle
2	0	6	Zwei Zahlen sind korrekt, aber an der falschen Stelle
7	3	8	Nichts ist korrekt
8	7	0	Eine Zahl ist korrekt, aber an der falschen Stelle

23.

TRUE CRIME ANAGRAMM

Entschlüssle die nachfolgenden Wörter, um ein anderes Wort mit Bezug zu True Crime zu erhalten. Bringe dazu einfach nur die Buchstaben in eine andere Reihenfolge.

Christmesse

Akte gewürzt

Angel drohend

Bund Tokio

Eichel

Becher Nerv

24.
KRYPTOGRAMM

Löse das nachfolgende Kryptogramm und du erhältst einen Hinweis auf den Tathergang.

A	B	C	D	E	F	G	H	I	J	K	L	M
12				13				21				

N	O	P	Q	R	S	T	U	V	W	X	Y	Z
	7						15					

__ __ __   __ __ __ __ __
22 12 1   7 26 3 13 2

__ __ __   __ __ __   __ __ __
4 12 20   20 21 18   22 13 20

__ __ __   __ __ __   __ __ __ __ __ __
19 15 11   19 15 20   18 12 18 7 2 18

25.

ABHÖREN

Du konntest ein Telefongespräch abhören, bei dem sich zwei Kriminelle über einen Treffpunkt in einer europäischen Stadt austauschen. Sie nannten die Stadt aber nicht direkt, sondern haben 5 europäische Städte genannt. Kannst du den richtigen Treffpunkt herausfinden?

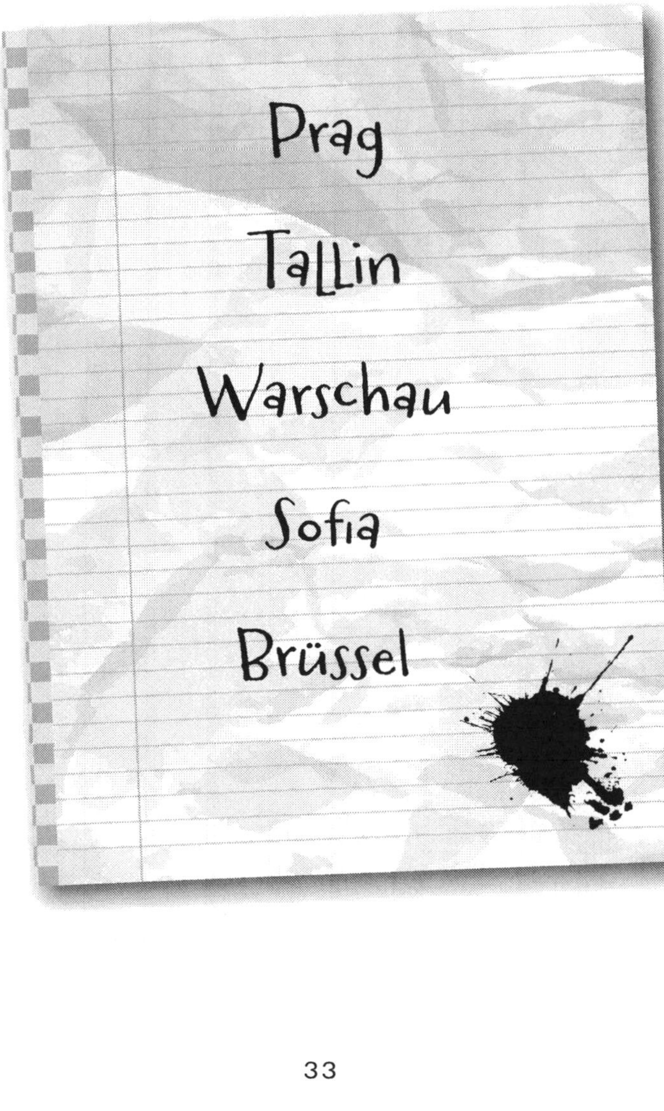

26.
VERFOLGUNGSJAGD

Dein Kollege hat herausgefunden, dass El Chapo, ein Drogenboss, auf der Flucht ist. Ihr könnt die genaue Fluchtroute allerdings nicht nachvollziehen. Kannst du die Fluchtroute anhand der nachfolgenden Hinweise rekonstruieren?

a) Von Hamburg aus reiste er direkt ins Ausland.

b) Nürnberg war eine der letzten beiden bereisten Städte.

c) Amsterdam wurde einige Zeit vor Köln besucht.

d) Von Wien reiste er direkt nach Stuttgart.

e) Die erste Stadt befindet sich auf deutschem Boden.

f) Zwischen Köln und Stuttgart bereiste El Chapo noch eine weitere Stadt.

27.
DER MORDFALL VERA BRÜHNE

Der Mordfall Vera Brühne zählt zu den bekanntesten Kriminalfällen der deutschen Nachkriegsgeschichte. Im Jahr 1960 wurde die verwitwete Ärztin Elfriede Kloos und ihr Geliebter, der Industrielle Otto Praun, in ihrem gemeinsamen Haus in Pöcking am Starnberger See tot aufgefunden. Die Ermittlungen führten schnell zu Vera Brühne, einer 41-jährigen Schauspielerin und Bekannten von Praun. Die Staatsanwaltschaft warf ihr vor, aus Habgier gehandelt zu haben, um an das Erbe des wohlhabenden Industriellen zu gelangen.

Im Jahr 1962 wurde Vera Brühne gemeinsam mit ihrem Komplizen Johann Ferbach zu lebenslanger Haft verurteilt. Das Urteil basierte hauptsächlich auf Indizien und umstrittenen Zeugenaussagen. Brühne beteuert stets ihre Unschuld, und der Fall löste zahlreiche Diskussionen über mögliche Justizirrtümer und die Rolle der Medien aus. 1979

wurde Vera Brühne nach 18 Jahren Haft aufgrund einer Begnadigung entlassen, was erneut für Aufsehen sorgte und die Diskussionen um ihre Schuld oder Unschuld neu entfachte. Bis heute bleibt der Fall ein Rätsel und ein Sinnbild für die Kontroversen der deutschen Justizgeschichte.

QUIZFRAGEN

1. In welchem Jahr wurden Elfriede Kloos und Otto Praun ermordet?

a) 1958

b) 1960

c) 1962

d) 1965

2. Wer wurde neben Vera Brühne als Komplize verurteilt?

a) Hans Senn

b) Johann Ferbach

c) Klaus Köhler

D) Michael Meyer

3. Wie lange war Vera Brühne inhaftiert, bevor sie begnadigt wurde?

a) 10 Jahre

b) 15 Jahre

c) 18 Jahre

d) 20 Jahre

4. Welche Art von Beweisen war hauptsächlich ausschlaggebend für die Verurteilung von Vera Brühne?

a) DNA-Spuren

b) Indizien und Zeugenaussagen

c) Fingerabdrücke

d) Videoaufnahmen

28.

DER GIFTANSCHLAG

Finde im nachfolgenden Wortsuchrätsel Wörter, die mit dem Thema Giftanschlag zu tun haben.

R	R	F	F	S	V	S	M	Q	T	X	M	D	V	S	A	R	S	E	N
N	F	O	H	A	H	N	U	N	G	S	L	O	S	H	W	Z	N	P	H
F	O	W	I	Q	U	D	Z	H	G	M	Q	Z	H	N	N	A	U	E	E
B	R	H	G	N	H	U	F	F	E	A	V	L	X	R	W	F	S	C	L
L	G	N	E	I	T	W	K	C	J	K	E	J	W	M	F	X	J	L	H
C	A	K	H	I	P	O	M	T	D	D	F	S	L	K	F	T	S	E	O
J	N	O	S	A	M	C	X	N	T	U	E	R	M	H	H	P	O	W	E
Z	V	V	P	V	C	T	F	I	F	T	D	W	H	J	H	D	B	W	D
J	E	E	C	F	V	N	U	Y	C	R	Z	J	B	F	K	G	D	A	N
I	R	R	Z	L	E	F	J	E	U	A	P	N	N	I	O	E	U	A	G
S	S	G	H	J	T	R	Y	Q	C	S	T	F	H	I	G	G	K	N	F
L	A	I	Q	V	L	B	E	Y	B	K	Q	I	D	R	F	E	T	I	F
W	G	F	C	X	U	Q	Q	D	S	B	I	O	O	S	L	N	I	S	Y
B	E	T	C	S	T	R	W	R	Q	J	C	S	N	N	J	M	O	Q	V
G	N	U	R	D	Z	J	N	R	R	A	L	N	C	X	N	I	N	U	A
W	Y	N	C	Y	P	B	V	Q	B	Q	M	W	X	H	Q	T	S	F	S
Y	U	G	K	Z	I	S	Q	E	B	L	D	J	S	A	C	T	D	Y	S
U	U	T	Q	Z	O	Z	H	V	E	Y	P	W	A	I	O	E	C	Z	Q
T	W	T	J	O	T	D	N	F	N	J	V	E	U	T	T	L	I	X	T
P	P	Q	M	T	A	T	V	E	R	D	A	C	H	T	R	W	Z	J	T

29.
DER SAFE

In einem Banksafe vermutest du die Tatwaffe für einen Mord. Der Safe ist durch einen 8-stelligen Zahlencode gesichert. Du kennst den Code nicht, hast aber folgende Hinweise:

Gesucht wird eine achtstellige Zahl, die 2 Einsen, 2 Zweien, 2 Dreien und 2 Vieren enthält.

Die Einsen in dieser Zahl sind durch eine Zahl voneinander getrennt, die Zweien durch zwei Stellen, die Dreien durch drei und die Vieren durch vier Stellen.

30.
DER SCHAFSDIEB

Auf einem Bauernhof gab es gestern noch 15 Schafe. Der Bauer ruft auf eurer Polizeiwache an und behauptet, dass in der Nacht ein Dieb einige seiner Schafe gestohlen hat.

Auf seinem Bauernhof gibt es Schafe und Hühner.

Heute morgen zählt der Bauer bei den Lebewesen insgesamt 40 Augen und 64 Beine. Wie viele Schafe gibt es derzeit auf dem Bauernhof und wie viele wurden gestohlen?

"Die größte Strafe
für ein Verbrechen
ist die quälende
Schuld, die darauf
folgt."

31.

REKONSTRUIERE DIE FLUCHTROUTE

Der mutmaßliche Tatverdächtige ist auf der Flucht. Rekonstruiere seine Fluchtroute.

Es gibt nur eine mögliche Lösung.

32.

FLUCHT AUS DEM HOTELZIMMER

Du hast erfahren, dass sich eine Tatverdächtige aktuell in einem Hotel in Bremen befindet. Der Hotelier möchte aus datenschutzrechtlichen Gründen keine direkten Angaben machen. Er gibt dir allerdings Hinweise, in welchem Hotelzimmer sich die Tatverdächtige aufhält.

Kannst du das richtige Hotelzimmer finden?

a) Beide Ziffern sind ungerade.

b) Die erste Ziffer ist gleich oder größer als die zweite Ziffer.

c) Die Summe der beiden Ziffern ist 5 oder kleiner.

d) Die erste Zahl ist nicht teilbar durch drei.

51	52	53	54	55	56	57	58	59
41	42	43	44	45	46	47	48	49
31	32	33	34	35	36	37	38	39
21	22	23	24	25	26	27	28	29
11	12	13	14	15	16	17	18	19

33.
MORD DES REICHEN MANNES

Ein Mann wird an einem Sonntagmorgen ermordet aufgefunden. Seine Frau ruft die Polizei, die die Frau und das Personal befragt und folgende Alibis erhält:

Die Frau sagt, sie habe geschlafen.

Der Butler sagt, er habe den Schrank geputzt.

Der Gärtner erklärte, er pflücke Gemüse.

Das Dienstmädchen erklärte, sie würde die Post holen.

Die Köchin erklärte, sie bereite das Frühstück vor.

Sofort verhaftet die Polizei den Mörder. Wer hat es getan und woher wusste die Polizei es?

34.
DIE BOTSCHAFT DES CHEMIKERS

Ein bekannter Chemiker wird tot in seinem Labor aufgefunden. Es gibt keine eindeutigen Beweise außer einem Stück Papier, das neben der Leiche liegt. Das Papier ist leer, außer den Namen von fünf Elementen, die eilig darauf gekritzelt wurden:

Der Wachmann berichtete, dass an diesem Tag drei Personen die Apotheke besuchten – seine Schwester Laura, sein Kollege Nicolas und seine Frau Tessa. Der Kriminelle wurde sofort verhaftet.

Wer war es?

35.

FINDE DEN AUGENZEUGEN:

Du hast herausgefunden, dass es eine Zeugin, Kassandra Uhlig, gibt, die nähere Informationen zu einem Raubüberfall geben kann. Du kennst die Straße der Zeugin, aber nicht die genaue Adresse. In der Aachener Straße stehen fünf Häuser. Du weißt, dass Kassandra Uhlig dort mit ihrem Mann lebt und sie keine Kinder haben.

Finde das Haus, in welchem sie wohnt, damit du sie befragen kannst.

Hier sind deine Hinweise:

a) Kassandra Uhlig fährt einen Kombi und ihr Mann einen SUV.

b) Das Ehepaar interessiert sich für ein Motorrad. Sie haben ihren direkten Nachbarn um Rat gefragt, da dieser ein Motorrad fährt.

c) Vor den Häusern A und C stehen Motorräder.

d) Vor Haus B steht ein Van. Im Garten liegen einige Spielzeuge.

Haus A | Haus B | Haus C | Haus D | Haus E

36.
REIFENSPUREN

Du und deine Kollegen haben Reifenspuren an einem Tatort sichern können. Leider sind nur Teile des Profils erkennbar. Schaffst du es trotzdem, das passende Match zu finden?

Tatort:

Datenbank:

37.
ZAHLENSCHLOSS

Du stehst vor einem Schließfach am Bahnhof in Frankfurt und vermutest, dass es einem Tatverdächtigen gehört. Das Schließfach ist durch ein Zahlenschloss gesichert. Kannst du es öffnen?

3	4	8	Eine Zahl ist korrekt und an der richtigen Stelle
8	5	4	Nichts ist korrekt
8	9	3	Zwei Zahlen sind korrekt, aber an der falschen Stelle
5	9	1	Zwei Zahlen sind korrekt, aber an der falschen Stelle

38.

TRUE CRIME ANAGRAMM

Entschlüssle die nachfolgenden Wörter, um ein anderes Wort mit Bezug zu True Crime zu erhalten. Bringe dazu einfach nur die Buchstaben in eine andere Reihenfolge.

Athlet Hirn

elf rot

gut verfing

an schnelllebig

Nerv zulegt

39.
KRYPTOGRAMM

Löse das nachfolgende Kryptogramm und du erhältst einen Hinweis auf das Tatmotiv.

A	B	C	D	E	F	G	H	I	J	K	L	M
1				15				17				

N	O	P	Q	R	S	T	U	V	W	X	Y	Z
	22						19					

__ __ __   __ __ __   __ __ __
23 17 15   13 1 5   17 13 14

__ __ __   __ __ __ __ __
7 17 5   17 13 6 15 7

__ __ __ __   __ __ __ __ __ __ __ __
10 13 15 9   20 15 5 6 22 11 15 14

40.
WIE ALT IST DER DROGENBOSS?

Ein Drogenboss und sein Sohn sind gemeinsam 55 Jahre alt.

Dabei entspricht das Alter des Vaters genau dem Alter seines Sohnes, wenn man dessen beiden Ziffern vertauscht.

(Wäre der Vater also beispielsweise 98 Jahre alt, so wäre der Sohn 89.)

"Hinter jedem
ungelösten
Geheimnis steht ein
gebrochenes Leben,
das auf
Heilung wartet."

41.

WIE VIELE KINDER HAT DIE POLIZISTIN?

Lisa geht mit ihrer Tochter Emma auf den Spielplatz. Während die kleine Emma mit den anderen Kindern auf dem Spielplatz spielt, setzt sich Lisa auf die Parkbank und kommt mit einer Polizistin ihres Dorfes ins Gespräch.

Dabei unterhalten sich die beiden unter anderem auch über ihre Familien und Kinder. Es ist durchgeklungen, dass die Polizistin wohl mehrere Kinder zu haben scheint.

Jetzt möchte Lisa es genau wissen und fragt die Polizistin, wie viele Kinder sie denn nun habe. Sie macht sich einen Spaß daraus und antwortet in einem Rätsel:

„Ich habe mehrere Kinder, sowohl Jungen als auch Mädchen. Jedes Mädchen hat genauso viele Brüder wie Schwestern. Jeder Junge hat allerdings nur halb so viele Brüder wie Schwestern."

42.
ABHÖREN

Du konntest ein Telefongespräch abhören, bei dem sich zwei Kriminelle über einen Treffpunkt in einer deutschen Stadt austauschen. Sie nannten die Stadt aber nicht direkt, sondern haben 5 andere Städte genannt.

Kannst du den richtigen Treffpunkt herausfinden?

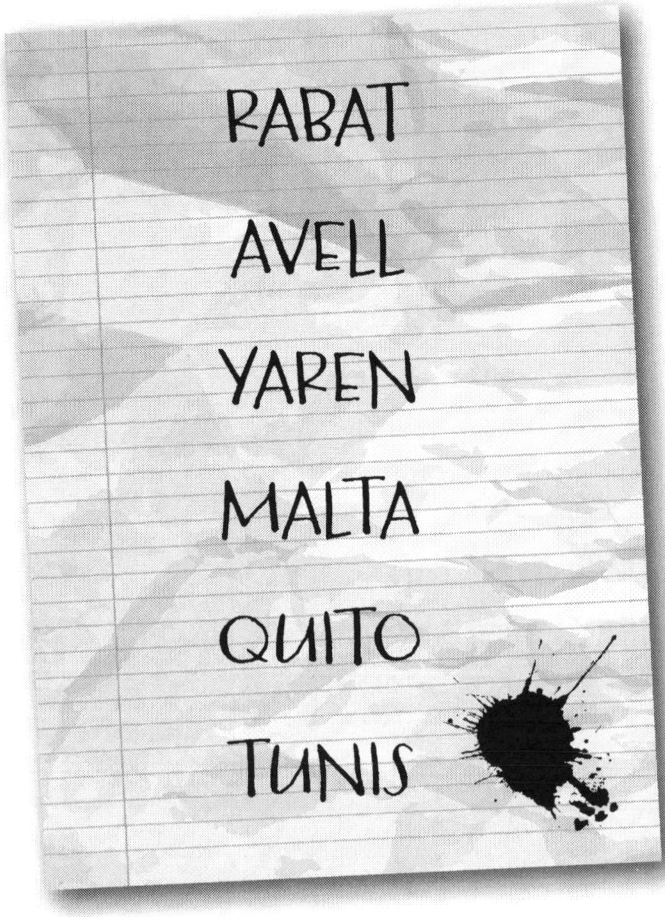

43.

WORTSUCHE

Auftragsmord

Im folgenden Wortsuchrätsel sind 10 Wörter versteckt, die passend zum Thema „Auftragsmord“ ausgewählt worden sind.

Kannst du alle finden?

N	Q	G	B	C	U	G	E	B	R	G	H	P	G	Y	O	J	M	R
Q	K	U	U	Q	E	P	P	C	B	P	Q	V	E	F	Q	O	M	S
M	Q	S	T	T	N	H	E	I	M	T	U	E	C	K	E	G	D	E
H	K	I	Y	P	K	K	R	F	E	N	E	G	R	Z	F	M	J	V
L	B	Y	P	L	D	Q	K	E	C	F	J	S	V	S	F	O	K	O
F	G	V	V	O	L	L	S	T	R	E	C	K	E	R	M	T	J	U
A	G	L	W	U	Q	Z	X	O	M	C	Q	D	M	O	S	I	R	B
A	U	H	Z	J	D	F	D	Y	A	P	U	P	O	B	O	V	X	E
N	U	F	F	R	W	Z	F	E	L	A	C	K	R	H	N	B	L	B
S	T	Z	T	W	E	I	S	F	K	T	F	D	D	R	Z	M	R	E
T	D	O	A	R	I	A	F	G	P	H	T	J	A	P	Y	H	N	Z
I	U	B	L	O	A	E	R	P	I	O	Q	G	N	X	G	L	O	A
F	P	K	A	E	R	G	D	F	R	L	Y	Y	S	U	N	G	S	H
T	J	J	X	D	I	S	G	C	B	O	V	S	C	X	T	N	A	L
U	F	S	U	U	W	C	C	E	B	G	T	H	H	Q	X	R	I	U
N	D	M	Y	X	R	M	H	Z	B	E	C	Z	L	F	N	C	L	N
G	B	S	T	G	F	G	B	E	H	E	X	U	A	Q	E	K	O	G
F	F	U	S	L	P	M	U	K	Q	H	R	Z	G	Z	T	X	A	D
R	Z	Z	R	D	A	U	F	T	R	A	G	S	K	I	L	L	E	R

44.

DIE SCHUBLADE VON DETEKTIV KARL

Karl steht jeden Morgen um 5:00 auf. Um diese Uhrzeit ist es in seinem Schlafzimmer in der Regel jedoch noch stockfinster.

Seine Socken bewahrt er in einer Schublade auf. Er lagert die Socken allerdings nicht in Paaren, sondern einzeln.

In dieser Schublade befinden sich derzeit 10 schwarze und 10 weiße Einzelsocken.

Mit jedem Griff holt Karl jeweils eine einzelne Socke aus der Schublade.

Wie oft muss er maximal in die Socken-Schubladen greifen, um aus den gezogenen Socken garantiert ein gleichfarbiges Paar Socken bilden zu können?

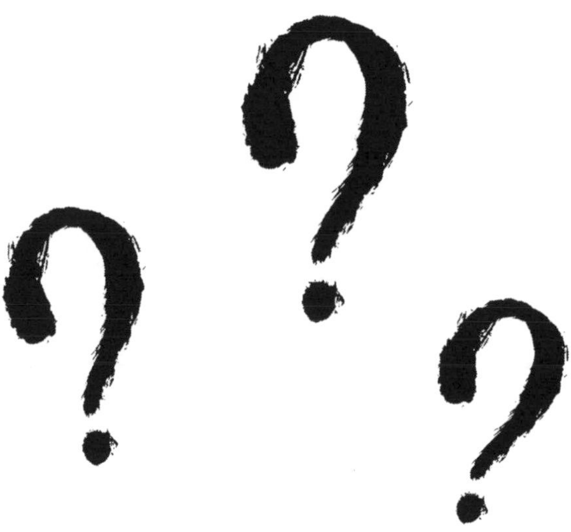

45.

DER FALL DES MILLIONENBETRUGS BEI DER S&K GRUPPE

Eine der spektakulärsten Wirtschaftskriminalfälle Deutschlands ereignete sich in den frühen 2010er Jahren und betraf die S&K Gruppe, ein Immobilienunternehmen aus Frankfurt am Main. Die Firmengründer Stephan Schäfer und Jonas Köller nutzten ein Schneeballsystem, um Investoren um Millionen von Euro zu betrügen.

Mit vielversprechenden Renditen und luxuriösen Veranstaltungen lockten sie Anleger an, deren Gelder jedoch nicht wie versprochen in Immobilienprojekte investiert wurden. Stattdessen finanzierten Schäfer und Köller damit ihren ausschweifenden Lebensstil, kauften teure Autos, Yachten und Immobilien.

Das System flog 2013 auf, als die Staatsanwaltschaft Frankfurt Ermittlungen einleitete und umfangreiche Razzien durchführte. Der Schaden belief sich auf über 240 Millionen Euro. Beide Haupttäter wurden in einem langwierigen Prozess zu hohen Freiheitsstrafen verurteilt.

QUIZFRAGEN

1. In welcher Stadt war die S&K Gruppe ansässig?

a) Berlin

b) Frankfurt am Main

c) München

d) Hamburg

2. Was nutzten die Firmengründer der S&K Gruppe, um Investoren zu betrügen?

a) Aktienhandel

b) Schneeballsystem

c) Online-Betrug

d) Versicherungsschwindel

3. Wofür verwendeten Schäfer und Köller die Investoren-Gelder hauptsächlich?

a) In Immobilienprojekte

b) In Aktienanlagen

c) Für ihren luxuriösen Lebensstil

d) Zur Gründung neuer Unternehmen

4. Wie hoch war der finanzielle Schaden, den die S&K Gruppe verursachte?

a) 100 Millionen Euro

b) 150 Millionen Euro

c) 240 Millionen Euro

d) 300 Millionen Euro

46.

STRAFZETTEL

Emma arbeitet als Politesse in Berlin. Heute hat sie Strafzettel für fünf illegal geparkte Autos geschrieben. Hilf ihr, indem du jeden Strafzettel dem korrekten Auto zuordnest (Farbe und Modell), der korrekten Straße sowie der passenden Uhrzeit.

1. Der Toyota bekam eine Stunde nach dem grünen Auto einen Strafzettel.

2. Beim Toyota und beim Chevrolet war eines der Autos Silber und das andere hat als letztes einen Strafzettel bekommen.

3. Der Strafzettel am Tulpenweg wurde um 12:00 Uhr geschrieben. Emma schrieb den Strafzettel für das silberne Auto einige Zeit vorher.

4. Das braune Auto bekam zwei Stunden vor dem Nissan einen Strafzettel.

5. Emma schrieb das Ticket an der Steigerstraße einige Zeit vor dem Strafzettel für den Chevrolet.

6. Der Mazda bekam zwei Stunden nach dem schwarzen Auto einen Strafzettel.

7. Emma war auf der Ahornstraße vor 12:30 Uhr.

8. Der Strafzettel auf der Laternenstraße wurde um 13:00 Uhr geschrieben.

		Modell					Farben					Standorte				
		Chevrolet	Honda	Nissan	Mazda	Toyota	schwarz	blau	braun	grün	silber	Ahornstraße	Laternenstraße	Römerweg	Steigerstraße	Tulpenweg
Uhrzeit	10:00															
	11:00															
	12:00															
	13:00															
	14:00															
Standorte	Ahornstraße															
	Laternenstraße															
	Römerweg															
	Steigerstraße															
	Tulpenweg															
Farben	schwarz															
	blau															
	braun															
	grün															
	silber															

Uhrzeit	Modell	Farben	Standorte
10:00			
11:00			
12:00			
13:00			
14:00			

47.

REKONSTRUIERE DIE FLUCHTROUTE

Der mutmaßliche Tatverdächtige ist auf der Flucht. Rekonstruiere seine Fluchtroute.

Es gibt nur eine mögliche Lösung.

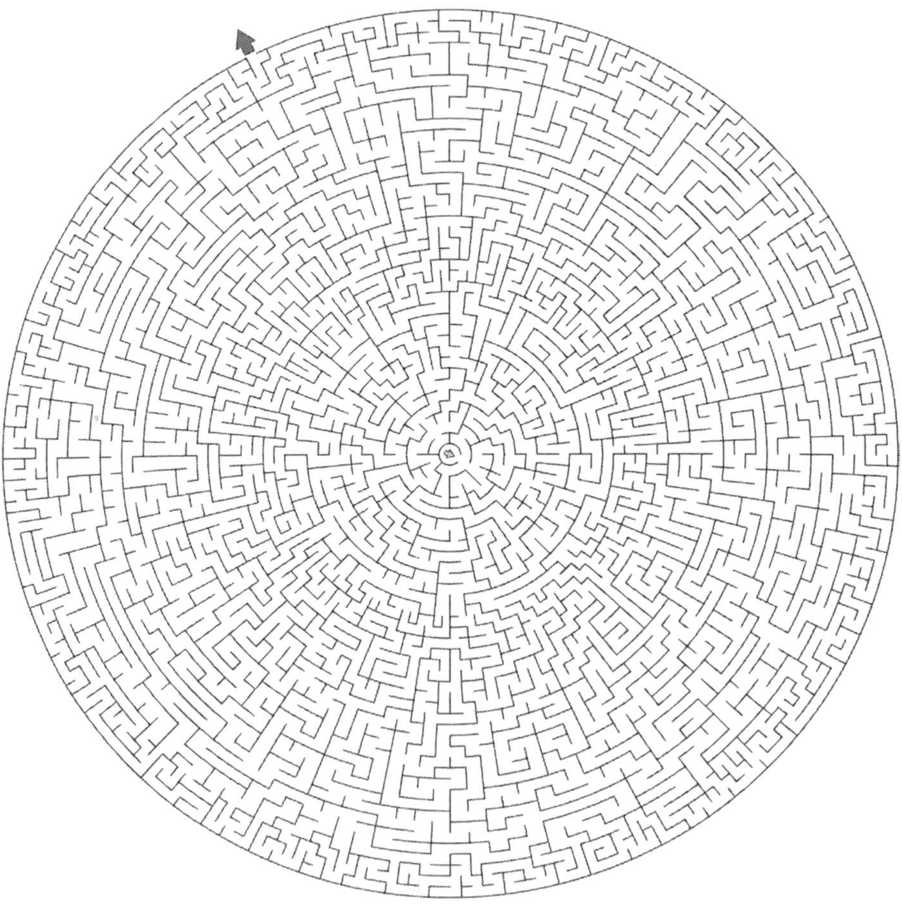

48.
DAS ALTER VON BONNIE

Bonnie und Clyde sind ein Verbrecherpaar, das seinesgleichen sucht. Clyde ist 24 Jahre alt. Er ist heute doppelt so alt wie Bonnie war, als Clyde so alt war, wie Bonnie jetzt ist.

Weißt du, wie alt Bonnie jetzt ist?

49.

FLUCHT AUS DEM HOTELZIMMER

Du hast erfahren, dass sich der Drogenboss aktuell in einem Hotel in Berlin befindet. Der Hotelier möchte aus datenschutzrechtlichen Gründen keine direkten Angaben machen. Er gibt dir allerdings Hinweise, in welchem Hotelzimmer sich der Tatverdächtige aufhält.

Kannst du das richtige Hotelzimmer finden?

a) Die Zahl ist ungerade.

b) Die Summe der beiden Ziffern ist gerade.

c) Die Zahl ist keine Primzahl.

d) Addiere vier zu der ersten Ziffer, um die zweite Ziffer zu erhalten.

51	52	53	54	55	56	57	58	59
41	42	43	44	45	46	47	48	49
31	32	33	34	35	36	37	38	39
21	22	23	24	25	26	27	28	29
11	12	13	14	15	16	17	18	19

50.

SPURENSICHERUNG:

Fingerabdruck

Du hast am Tatort Fingerabdrücke sichergestellt. Vergleiche den sichergestellten Fingerabdruck mit anderen Fingerabdrücken aus der Datenbank und finde die Übereinstimmung.

Tatort:

Datenbank:

"Um die Wahrheit aufzudecken, muss man sich den Schatten hingeben."

51.
GERADES DATUM

Du schaust dir ein paar alte Kriminalfälle, sogenannte Cold Cases, an. Du stellst fest, dass in einem Mordfall eine Person am 02.02.2000 getötet worden ist.

Der 2. Februar im Jahr 2000 enthielt nur gerade Ziffern im Datum (2.2.2000). Wann war dies davor das letzte Mal vorgekommen?

52.
ZAHLENSCHLOSS

Du stehst vor einem Schließfach in einer Bank und vermutest, dass es einem Tatverdächtigen gehört. Das Schließfach ist durch ein Zahlenschloss gesichert. Kannst du es öffnen?

CODE

3	6	8	**Eine Zahl ist korrekt und an der richtigen Stelle**
3	8	7	**Nichts ist korrekt**
2	7	6	**Eine Zahl ist korrekt, aber an der falschen Stelle**
4	7	1	**Zwei Zahlen sind korrekt, aber an der falschen Stelle**

53.
DER MANN UND DER KÖNIG

Ein Mann wird auf dem Grundstück des Königs erwischt. Er wird vor den König gebracht, um bestraft zu werden. Der König sagt: „Du musst mir eine Aussage machen. Wenn sie wahr ist, wirst du von Löwen getötet. Wenn sie falsch ist, wirst du von wilden Büffeln zertrampelt und getötet. Wenn ich es nicht herausfinde, muss ich dich gehen lassen.“ Und tatsächlich wurde der Mann freigelassen.

Was hat der Mann ausgesagt?

54.
PETER, DER PIRAT

Der Pirat Peter wurde von einem spanischen General gefangen genommen und von dessen 50-köpfigem Erschießungskommando zum Tode verurteilt.

Peter zitterte, denn er wusste, dass sie den Ruf hatten, das schlechteste Exekutionskommando der spanischen Armee zu sein. Sie waren so schlechte Scharfschützen, dass sie oft ihr Ziel verfehlten und ihre Opfer einfach verstümmelten und verbluten ließen, denn der General erlaubte traditionell nur einen Schuss pro Mann, um Munition zu sparen. Der Gedanke an einen langsamen, qualvollen Tod ließ Peter um Gnade flehen.

„Gut, ich habe ein wenig Mitleid. Du kannst dir aussuchen, wo die Männer stehen, wenn sie auf dich schießen, und ich werde 50 weitere Männer in die Truppe aufnehmen, um sicherzugehen, dass wenigstens einer dich trifft. Wenn sie näher stehen, töten sie dich vielleicht schneller, wenn du Glück hast“, lachte der General. „Ach, und damit du nicht auf dumme Gedanken kommst: Sie dürfen nicht weiter als 20 Fuß entfernt stehen, sie müssen dir zugewandt sein, und du musst an den Pfahl in der Mitte des Hofes gebunden bleiben. Und um zu zeigen, dass ich nicht ganz herzlos bin, werde ich dich freilassen, wenn du bis Sonnenuntergang nicht tot bist, damit du außerhalb des Hofes in Frieden sterben kannst. Ich muss jetzt gehen, aber morgen komme ich wieder und sorge dafür, dass du an einem schönen Ort begraben wirst, obwohl ich bezweifle, dass bei 100 Männern noch viel von dir übrig sein wird, um dich zu begraben.

Nachdem der General seine Anweisungen gegeben hatte, ging er fort. Als er am nächsten Tag zurückkam, stellte er fest, dass Peter lebend und gesund freigelassen worden war. „Wie ist das möglich?", fragte der General. „Es war dort, wo Peter uns zurückgelassen hatte", erklärte der Hauptmann der Truppe.

Wo hatte Peter gesagt, dass sie stehen sollten?

55.

KRYPTOGRAMM

Löse das nachfolgende Kryptogramm und du erhältst einen Hinweis auf den Tatort.

A	B	C	D	E	F	G	H	I	J	K	L	M
1				17				21				

N	O	P	Q	R	S	T	U	V	W	X	Y	Z
	15						16					

_ _ _   _ _ _ _ _ _
7 17 11   20 1 20 15 11 20

_ _ _   _ _ _   _ _ _ _ _
18 1 11   7 1 5   6 15 20 17 22

_ _ _   _ _ _ _ _ _ _ _ _
7 17 5   5 8 6 18 1 9 17 11 5

56.
DER DIENER UND SEIN HERR

Es war einmal ein Knecht, der lebte mit seinem Herrn in einem Dorf am westlichen See. Nachdem er etwa dreißig Jahre gedient hatte, wurde sein Herr krank und lag im Sterben. Eines Tages rief der Herr seinen Diener und wollte ihm einen Wunsch erfüllen. Es konnte jeder Wunsch sein, aber nur einer. Der Herr gab ihm einen Tag Zeit, um darüber nachzudenken. Der Diener war sehr glücklich und ging zu seiner Mutter, um ihr von seinem Wunsch zu erzählen. Seine Mutter war blind und bat ihren Sohn, sich zu wünschen, dass sie wieder sehen könne. Dann ging der Knecht zu seiner Frau. Sie war sehr aufgeregt und wünschte sich einen Sohn, da sie seit vielen Jahren kinderlos waren. Dann ging der Diener zu seinem Vater, der reich werden wollte, und bat seinen Sohn, sich viel Geld zu wünschen. Am nächsten Tag ging er zu seinem Herrn und wünschte sich, dass alle drei (Mutter, Vater und Frau) bekämen, was sie wollten. Erzähle, was sich der Diener von seinem Herrn wünschte.

57.
FINDE DEN ZEUGEN

Du hast herausgefunden, dass es eine Zeugin im Fall einer Bombendrohung, Elvira Gerdes, gibt, die nähere Informationen zur Tat geben kann. Du kennst die Straße der Zeugin, aber nicht die genaue Adresse. In der Elbstraße stehen fünf Häuser. Du weißt von Elvira Gerdes, dass sie alleine ohne Partner lebt.

Finde das Haus, in welchem sie wohnt, damit du sie befragen kannst.

Hier sind deine Hinweise:

a) Von den Mitarbeitern einer Bäckerei in der Elbstraße weißt du, dass Elvira Gerdes ihr Haus gelb gestrichen hat. Es gibt zwei gelbe Häuser in der Straße.

b) Eine weitere Mitarbeiterin weiß, dass in Haus D eine Familie wohnt.

c) Haus B ist weiß.

d) Haus C ist blau.

e) Haus E hat eine Klinkerfassade.

Haus A Haus B Haus C Haus D Haus E

58.
DAS VERGESSENE TAGEBUCH

Der Fall war vor fast hundert Jahren abgeschlossen worden. William Pritchett und seine Schwester Olivia waren an einer seltsamen Krankheit gestorben. Ihre Arme und Beine zitterten heftig, sie litten unter starken Bauchkrämpfen und Fieber. Auf dem Sterbebett beschuldigte Olivia das Dienstmädchen Holly, sie und ihren Bruder vergiftet zu haben. Holly erzählte eine andere Geschichte: von Williams und Olivias Abstieg in den Wahnsinn und ihren Bemühungen, sie mit Kräutern und Vitaminen zu heilen. Holly kam vor Gericht und wurde verurteilt. Als sie im Gefängnis an einer ähnlichen Krankheit starb, glaubte man, Holly habe sich versehentlich vergiftet, und der Fall wurde zu den Akten gelegt.

Jetzt wurde er wieder aufgerollt, weil sich die Verwandten der längst Verstorbenen in einem Zivilprozess gegenüberstehen. Hollys Großneffe verklagte die wohlhabende Familie Pritchett für den Schmerz und die Demütigung, die seine Familie erlitten hatte. Er behauptete, William sei verrückt geworden und habe Olivia und Holly vergiftet. Die forensische Psychologin Stella Mavis wurde hinzugezogen, um die Zurechnungsfähigkeit von Personen zu untersuchen, die vor ihrer Geburt gelebt hatten und gestorben waren. Da sie in der alten Akte nur wenige Informationen finden konnte, begab sich Dr. Mavis in das Herrenhaus der Pritchetts, um sich einige alte Gegenstände anzusehen, die auf dem Dachboden gelagert waren.

Als sie dort ankam, war Detective Davis bereits da und sprach mit Maya Pritchett, der Tochter von Williams Cousin.

Maya begrüßte Dr. Mavis und führte sie auf den muffigen Dachboden. „Das meiste hier gehört William“, sagte Maya. „Das war seine Werkstatt. Ein paar Holzarbeiten, aber hauptsächlich hat er das gemacht.“ Sie deutete auf einen großen Stapel verschimmelter Pelzmützen auf einer Truhe. „Das war sein Hobby, aber er fand es nicht angemessen für einen hohen Herrn, also arbeitete er hier oben an ihnen. Darunter steht eine Truhe von Olivia.“ Maya verschwand die Treppe hinunter, begierig, der abgestandenen Luft zu entkommen.

Detective Davis begann, die Kisten mit Williams Kleidung zu durchsuchen. Dr. Mavis legte die Pelze beiseite und durchsuchte Olivias Koffer. Auf dem Boden lag, in einen Schal gewickelt, ein kleines Tagebuch. Dr. Mavis lehnte sich an den Hutstapel und las:

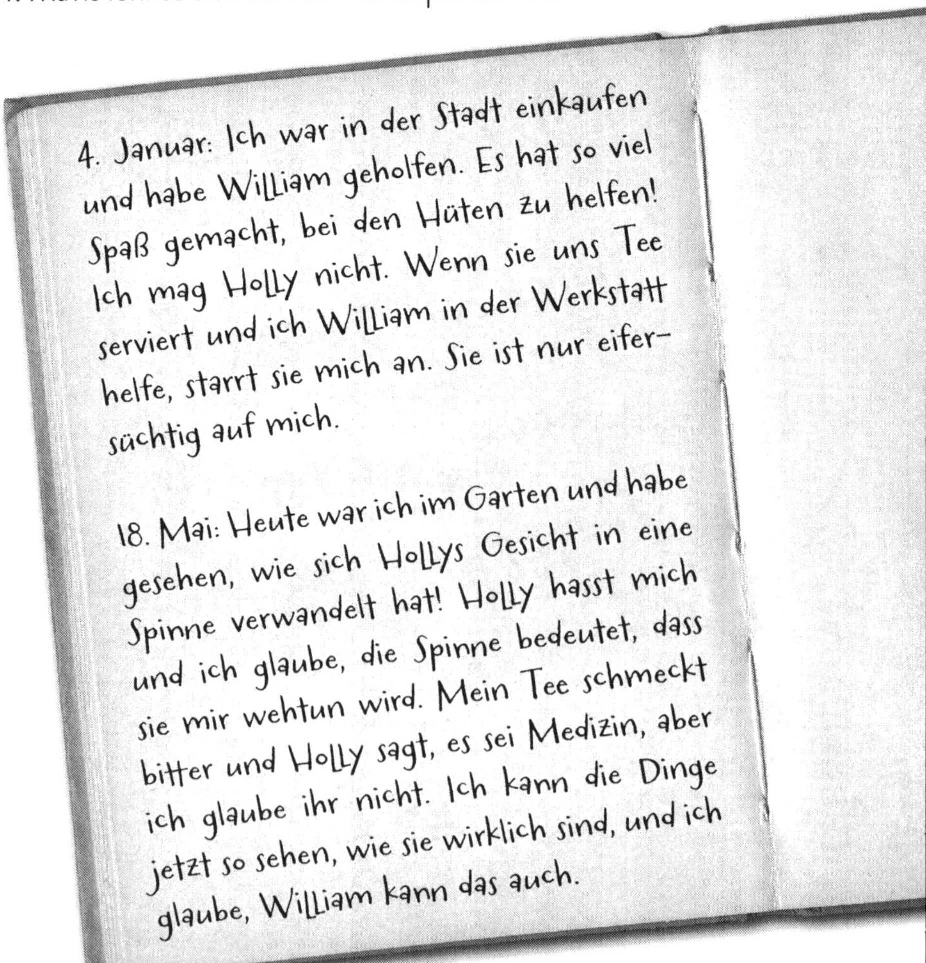
4. Januar: Ich war in der Stadt einkaufen und habe William geholfen. Es hat so viel Spaß gemacht, bei den Hüten zu helfen! Ich mag Holly nicht. Wenn sie uns Tee serviert und ich William in der Werkstatt helfe, starrt sie mich an. Sie ist nur eifersüchtig auf mich.

18. Mai: Heute war ich im Garten und habe gesehen, wie sich Hollys Gesicht in eine Spinne verwandelt hat! Holly hasst mich und ich glaube, die Spinne bedeutet, dass sie mir wehtun wird. Mein Tee schmeckt bitter und Holly sagt, es sei Medizin, aber ich glaube ihr nicht. Ich kann die Dinge jetzt so sehen, wie sie wirklich sind, und ich glaube, William kann das auch.

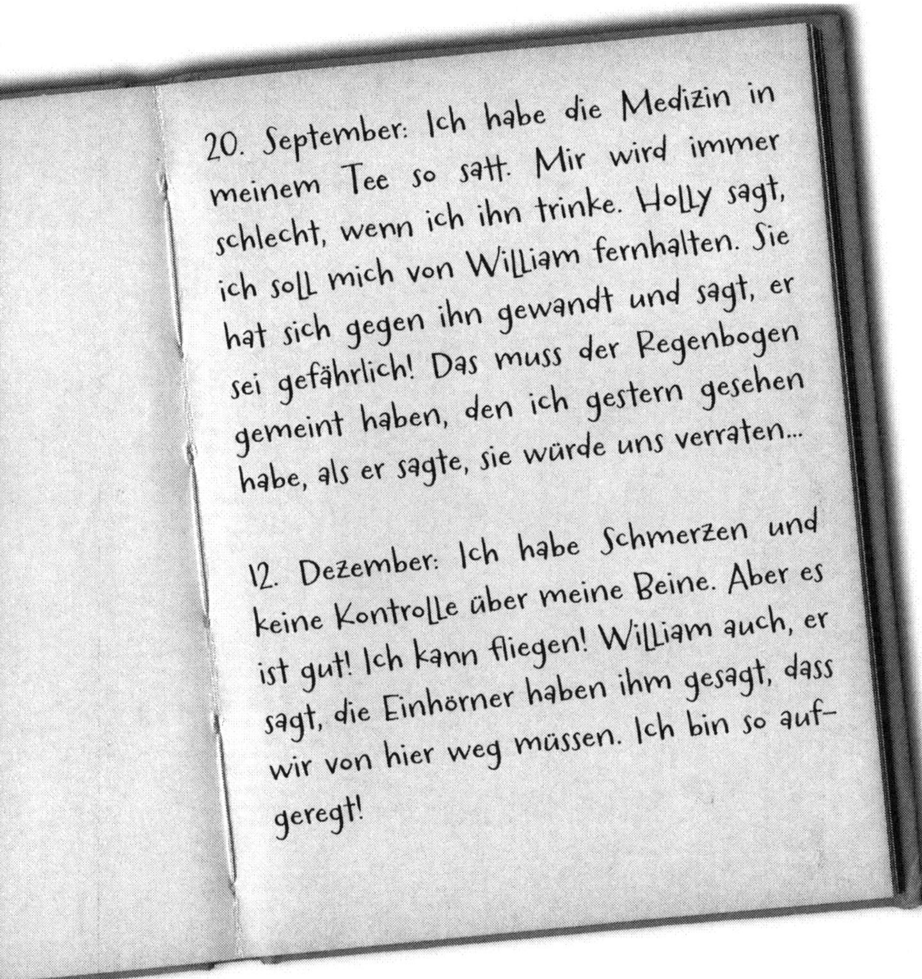
20. September: Ich habe die Medizin in
meinem Tee so satt. Mir wird immer
schlecht, wenn ich ihn trinke. Holly sagt,
ich soll mich von William fernhalten. Sie
hat sich gegen ihn gewandt und sagt, er
sei gefährlich! Das muss der Regenbogen
gemeint haben, den ich gestern gesehen
habe, als er sagte, sie würde uns verraten...

12. Dezember: Ich habe Schmerzen und
keine Kontrolle über meine Beine. Aber es
ist gut! Ich kann fliegen! William auch, er
sagt, die Einhörner haben ihm gesagt, dass
wir von hier weg müssen. Ich bin so auf-
geregt!

Dr. Mavis konnte nichts sehen, aber das brauchte sie auch nicht. „Davis“, sagte sie, „lass uns gehen. Ich weiß, was passiert ist.“

Was geschah mit Olivia, William und Holly?

59.

REKONSTRUIERE DIE FLUCHTROUTE

Der mutmaßliche Tatverdächtige ist auf der Flucht. Rekonstruiere seine Fluchtroute.

Es gibt nur eine mögliche Lösung.

60.
DER MILLIONENRAUB VON BERLIN

Im Mai 2017 ereignete sich in Berlin einer der spektakulärsten Raubüberfälle in der Geschichte Deutschlands. Im Fokus der Tat stand das Bode-Museum, das sich auf der berühmten Museumsinsel befindet. Die Täter hatten es auf eine außergewöhnliche Münze abgesehen: die „Big Maple Leaf“. Diese Münze, eine kanadische Sonderprägung, wog etwa 100 Kilogramm und bestand aus purem Gold. Ihr damaliger Wert wurde auf etwa 3,75 Millionen Euro geschätzt.
Die Diebe waren äußerst geschickt vorgegangen. In der Nacht des 27. März kletterten sie über ein Fenster in das Museum. Mit Hilfe einer Schubkarre und einer eigens präparierten Seilwinde gelang es ihnen, die Münze unbemerkt aus dem Gebäude zu schaffen. Trotz umfassender Ermittlungen und der Festnahme mehrerer Verdächtiger konnte die Münze nie wiedergefunden werden. Die Polizei geht davon aus, dass sie in kleinere Stücke zerteilt und verkauft wurde.

QUIZFRAGEN

1. Wie hieß die gestohlene Münze im Berliner Bode-Museum?

a) Golden Eagle

b) Big Maple Leaf

c) Silver Dollar

d) Gold Sovereign

2. Was war das geschätzte Gewicht der gestohlenen Münze?

a) 10 Kilogramm

b) 50 Kilogramm

c) 100 Kilogramm

d) 150 Kilogramm

3. Wie viel war die Münze zum Zeitpunkt des Diebstahls wert?

a) 1 Million Euro

b) 2,5 Millionen Euro

c) 3,75 Millionen Euro

d) 5 Millionen Euro

4. Wie gelang es den Dieben, die Münze aus dem Museum zu transportieren?

a) In einem Rucksack

b) Mit einem Hubschrauber

c) Mit einer Schubkarre und einer Seilwinde

d) In einem Lieferwagen

"Um ein Verbrechen
aufzuklären,
muss man zuerst
die Gedanken
der Täter verstehen."

LÖSUNGEN

Antwort 1.

1. b) Der Täter hatte die Tiere versorgt und Mahlzeiten zubereitet.
2. d) Karl Meier
3. c) Heu
4. b) 1922

Antwort 2.

Hotelzimmer Nr. 14

Antwort 3.

Herr Mozart wohnt in Haus D.

Antwort 4.

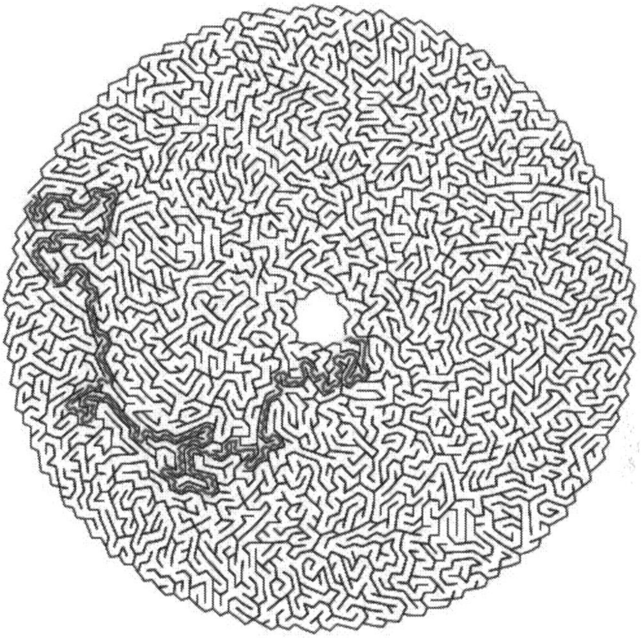

Antwort 5.

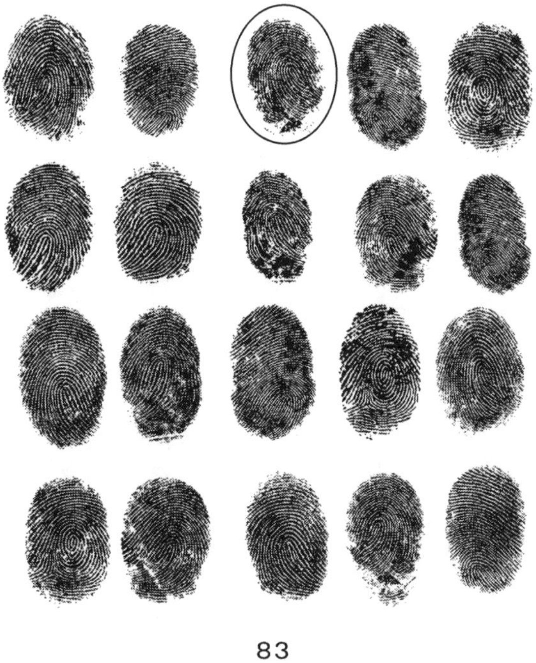

Antwort 6.

Lass uns die Hinweise Schritt für Schritt analysieren.

Hinweis 1: a+b+c+d=26a + b + c + d = 26a+b+c+d=26

Hinweis 2: c=2ac = 2ac=2a

Hinweis 3: b=a+4b = a + 4b=a+4

Hinweis 4: d=b−2d = b - 2d=b−2

Vereinfachen: a+a+4+2a+a+2=26
Zusammenfassen: 5a+6=26
Lösung für a: 5a=20 a=4

Jetzt können wir die anderen Ziffern berechnen.
Also ist der Code: 4886

Antwort 7.

Zahlenfolge 1: **1, 4, 9, 16, 25, ?**

Dies ist eine Folge der Quadratzahlen:

12 = 11^2 = 112 = 1
22 = 42^2 = 422 =4
32 = 93^2 = 932 = 9
42 = 164^2 = 1642 = 16
52 = 255^2 = 2552 = 25
62 = 366^2 = 3662 = 36 **Die fehlende Zahl ist 36.**

Zahlenfolge 2: **2, 3, 5, 7, 11, ?**

Dies ist eine Folge der Primzahlen:
2, 3, 5, 7, 11, 13

Die fehlende Zahl ist 13.

Zahlenfolge 3: **1, 1, 2, 3, 5, 8, ?**

Dies ist die Fibonacci-Folge, in der jede Zahl die Summe der beiden vorhergehenden Zahlen ist:
1, 1, 2, 3, 5, 8, 13

Die fehlende Zahl ist 13.

Schlussfolgerung:

Die letzten Zahlen der drei Folgen sind:

Folge 1: 36
Folge 2: 13
Folge 3: 13

Die dreistellige Zahl, die den Safe öffnet, ist **3613**.

Lösung:
Der Code, um den Safe zu öffnen, lautet **3613**. Im Safe findest du den entscheidenden Beweis, der den wahren Mörder entlarvt.

Antwort 8.

Fluchtroute: Bonn (D) , Stuttgart (D), München (D), Frankfurt (D), Wien (A), Salzburg (A)

Anwort 9.

Der Mörder lebt an der Nordseeküste in einem weißen Haus.

Anwort 10.

Z	Z	K	R	I	M	I	N	A	L	P	O	L	I	Z	E	I	W	R	J
N	D	Q	G	P	U	E	E	I	A	D	U	S	L	U	L	L	A	P	V
N	G	N	A	L	G	F	G	T	A	T	W	A	F	F	E	O	S	S	O
G	J	P	N	O	O	R	F	V	E	F	I	N	Z	R	Z	K	S	Q	W
S	C	C	I	A	T	W	Y	D	K	X	F	S	S	T	D	M	E	E	Q
E	S	P	U	R	E	N	S	I	C	H	E	R	U	N	G	V	R	O	T
I	X	E	U	C	L	D	S	K	T	N	J	N	I	O	T	V	L	P	A
X	Q	V	U	H	B	J	H	A	A	H	T	Q	D	U	B	D	E	F	T
E	N	Q	D	H	R	D	Y	S	Q	G	A	J	C	O	W	R	I	E	Z
S	S	T	E	G	S	G	W	H	S	B	R	S	W	R	A	P	C	R	E
T	A	T	V	E	R	D	A	E	C	H	T	I	G	E	R	Y	H	V	I
N	W	S	T	H	U	C	M	D	Z	R	O	Q	R	I	E	Z	E	P	T
L	K	Y	Y	J	S	P	T	O	S	O	Q	B	D	S	T	X	G	G	P
W	X	C	X	U	P	C	Q	B	E	D	E	O	D	S	I	B	U	J	U
P	S	J	B	B	I	C	M	W	Q	R	A	Q	A	U	N	Z	W	E	N
M	W	A	F	X	W	J	V	E	F	R	D	W	M	N	K	F	C	H	K
X	S	A	C	Q	N	I	S	K	S	S	T	E	A	X	N	T	F	Y	T
T	E	Z	E	N	Q	M	K	K	T	S	D	N	R	C	K	R	I	E	G
J	J	U	K	B	P	U	J	W	Q	R	E	C	W	G	C	D	F	O	D
D	U	S	N	M	A	N	G	R	Q	Q	P	R	U	E	D	D	M	T	N

Anwort 11.

4	3	8
9	5	1
2	7	6

4	9	2
3	5	7
8	1	6

8	1	6
3	5	7
4	9	2

2	9	4
7	5	3
6	1	8

2	7	6
9	5	1
4	3	8

6	7	2
1	5	9
8	3	4

Anwort 12.

Der Treffpunkt ergibt sich jeweils aus den ersten zwei Buchstaben eines jeden Wortes.

Die Lösung ist: Am Ankerplatz um Sieben

Anwort 13.

1. 1988

2. Drei Tage

3. Dieter Degowski und Hans-Jürgen Rösner

4. Veränderungen in der Berichterstattung über Verbrechen und in den Taktiken der deutschen Polizei bei Geiselnahmen.

Anwort 14.

Ja. Bevor er sich dreht, ist die Wahrscheinlichkeit, dass eine Kugel abgefeuert wird, 1 zu 6. Nachdem er sich gedreht hat, ist eine dieser Chancen weggefallen, so dass die Wahrscheinlichkeit, dass eine Kugel abgefeuert wird, 1 zu 5 beträgt. **Besser noch einmal drehen.**

Anwort 15.

Nein. Mit zwei Kugeln hast du zwei von sechs Chancen (oder eine von drei), von einer Kugel getroffen zu werden, bevor er das erste Mal feuert. Da wir wissen, dass die vorherige Patrone eine von vier leeren Kammern war, verbleiben vier Positionen, in denen sich die Waffe befinden könnte, und nur in einer davon wird eine Kugel abgefeuert. In drei der vier Fälle folgt auf die leere Kammer wieder eine leere Kammer – in einem Fall aber steckt eine Patrone drin. Da eine Chance von eins zu vier besser ist als eine von drei, sollte er **nicht noch einmal drehen.**

Anwort 16.

Hotelzimmer Nr. 54

Anwort 17.

Felix Meyer wohnt in Haus E.

Anwort 18.

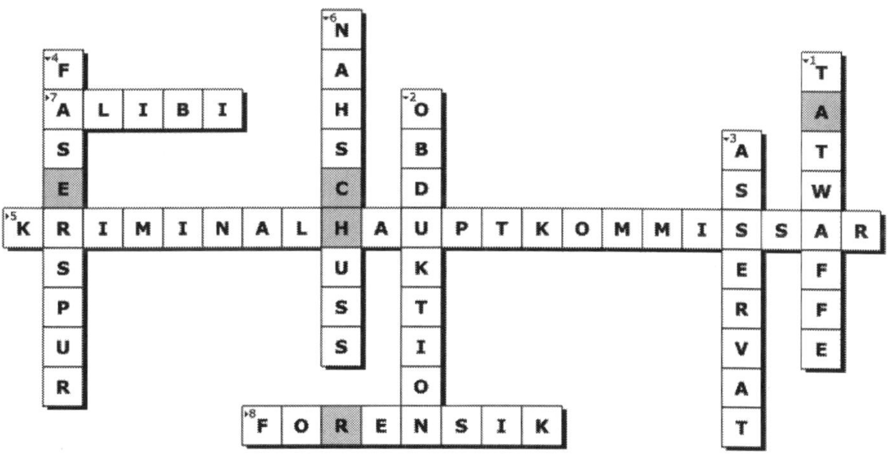

RACHE

Antwort 19.

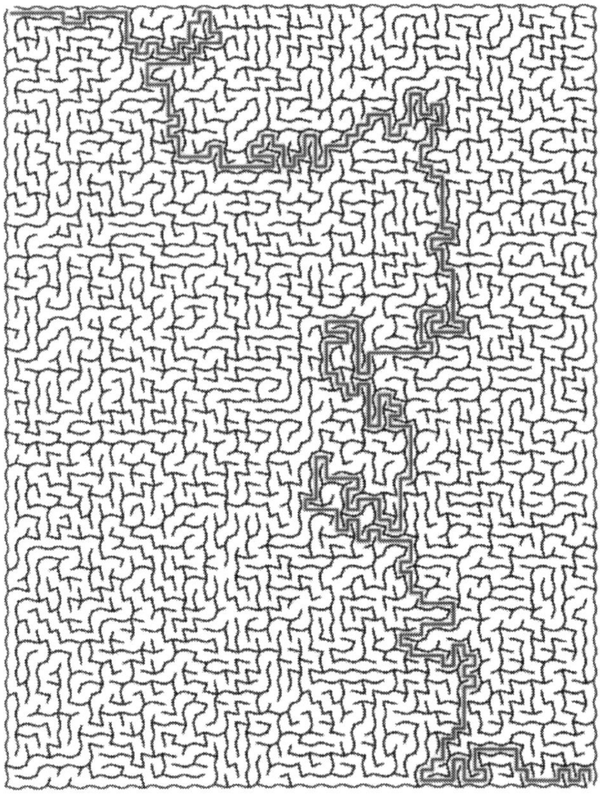

Anwort 20.

Zunächst einmal spielt es keine Rolle, welchem der beiden Wächter man die Frage stellt. Eine Frage, die garantiert in die Freiheit führt, lautet beispielsweise:

„Welche der beiden Türen würde mir der andere Wächter zeigen, wenn ich ihn nach der Tür in die Freiheit fragen würde?"

Um nachvollziehen zu können, warum wir durch diese Frage garantiert die Tür in die Freiheit finden würden (unabhängig davon, ob wir den lügenden oder den ehrlichen Wächter erwischen), sehen wir uns die beiden Möglichkeiten einmal an.

Fall 1: Ehrlicher Wächter

Wenn wir dem ehrlichen Wächter die obige Frage stellen, so zeigt er uns die Tür ins Verließ. Denn genau diese würde uns der andere (lügende) Wächter auf die Frage nach der Freiheitstür zeigen. Das gibt der ehrliche Wächter auch wahrheitsgemäß so an.

Fall 2: Lügender Wächter

Wenn wir obige Frage dem Lügner stellen, so wird auch dieser uns die Tür zum Verließ zeigen. Denn der andere (ehrliche) Wächter hätte uns eigentlich die Tür zur Freiheit gezeigt. Da uns der Lügner aber garantiert anlügt, nennt er uns genau die andere Tür, also die Tür zum Verließ.

In beiden Fällen wird uns also als Antwort auf die obige Frage die Tür zum Verließ gezeigt. Solange wir einfach durch die nicht-genannte Tür gehen, gelangen wir garantiert in die Freiheit.

Anwort 21.

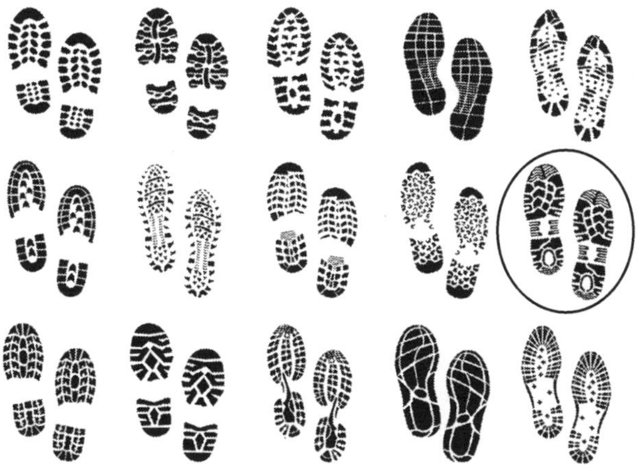

Antwort 22.

Zunächst wissen wir, dass alle möglichen Zahlen sind: 0, 1, 2, 3, 4, 6, 7 und 8.

Aus der 4. Bedingung wissen wir, dass 7, 3 und 8 nicht die richtigen Zahlen sind, also sind die verbleibenden Zahlen: 0, 1, 2, 4 und 6.

Aus der ersten und zweiten Bedingung wissen wir auch, dass 6 keine mögliche Zahl ist, also sind die verbleibenden Zahlen 0, 1, 2 und 4.

Aus der dritten Gleichung wissen wir, dass die beiden sicheren Zahlen 2 und 0 sind, weil 6 keine mögliche Zahl ist. Anhand der ersten Gleichung können wir erkennen, dass 2 die letzte Zahl im Code ist (* * 2).

Da 2 die letzte Zahl im Code ist, kannst du die zweite Gleichung noch einmal lesen und feststellen, dass eine weitere sichere Zahl 4 ist. Unsere endgültigen Zahlen sind also 0, 2 und 4, wobei 2 an letzter Stelle steht.

Lies die dritte Gleichung noch einmal und du wirst wissen, dass die 0 nicht in der Mitte stehen kann, also muss sie die erste Zahl im Code sein.

Unser Code wäre also 0 4 2

Antwort 23.

Messerstich

Tatwerkzeug

Drogenhandel

Obduktion

Leiche

Verbrechen

Anwort 24.

D	A	S		O	P	F	E	R
22	12	1		7	26	3	13	2

K	A	M		M	I	T		D	E	M
4	12	20		20	21	18		22	13	20

Z	U	G		Z	U	M		T	A	T	O	R	T
19	15	11		19	15	20		18	12	18	7	2	18

Lösung: Das Opfer kam mit dem Zug zum Tatort

Antwort 25.

Der Treffpunkt ist PARIS.

Erster Buchstabe vom ersten Wort, zweiter Buchstabe vom zweiten Ort, dritter Buchstabe vom dritten Ort, vierter Buchstabe vom vierten Ort, fünfter Buchstabe vom fünften Ort.

Anwort 26.

Fluchtroute: Hamburg (D) , Amsterdam (NL), Köln (D), Wien (A), Stuttgart (D), Nürnberg (D)

Anwort 27.

b) 1960

b) Johann Ferbach

c) 18 Jahre

b) Indizien und Zeugenaussagen

Anwort 28.

R	R	F	F	S	V	S	M	Q	T	X	M	D	V	S	A	R	S	E	N
N	F	O	H	A	H	N	U	N	G	S	L	O	S	H	W	Z	N	P	H
F	O	W	I	Q	U	D	Z	H	G	M	Q	Z	H	N	N	A	U	E	E
B	R	H	G	N	H	U	F	F	E	A	V	L	X	R	W	F	S	C	L
L	G	N	E	I	T	W	K	C	J	K	E	J	W	M	F	X	J	L	H
C	A	K	H	I	P	O	M	T	D	D	F	S	L	K	F	T	S	E	O
J	N	O	S	A	M	C	X	N	T	U	E	R	M	H	H	P	O	W	E
Z	V	V	P	V	C	T	F	I	F	T	D	W	H	J	H	D	B	W	D
J	E	E	C	F	V	N	U	Y	C	R	Z	J	B	F	K	G	D	A	N
I	R	R	Z	L	E	F	J	E	U	A	P	N	N	I	O	E	U	A	G
S	S	G	H	J	T	R	Y	Q	C	S	T	F	H	I	G	G	K	N	F
L	A	I	Q	V	L	B	E	Y	B	K	Q	I	D	R	F	E	T	I	F
W	G	F	C	X	U	Q	Q	D	S	B	I	O	O	S	L	N	I	S	Y
B	E	T	C	S	T	R	W	R	Q	J	C	S	N	N	J	M	O	Q	V
G	N	U	R	D	Z	J	N	R	R	A	L	N	C	X	N	I	N	U	A
W	Y	N	C	Y	P	B	V	Q	B	Q	M	W	X	H	Q	T	S	F	S
Y	U	G	K	Z	I	S	Q	E	B	L	D	J	S	A	C	T	D	Y	S
U	U	T	Q	Z	O	Z	H	V	E	Y	P	W	A	I	O	E	C	Z	Q
T	W	T	J	O	T	D	N	F	N	J	V	E	U	T	T	L	I	X	T
P	P	Q	M	T	A	T	V	E	R	D	A	C	H	T	R	W	Z	J	T

Antwort 29.

Die gesuchte Zahl lautet 23421314 oder rückwärts 41312432.

Antwort 30.

Es sind 12 Schafe. Zusammen zählt er 40 Augen = 20 Lebewesen.

s + h = 20 ➪ 4s +2h = 64

Folglich ist 2s = 24 ➪ Das macht 12 Schafe und 8 Hühner.

Somit wurden dem Bauern in der Nacht drei Schafe gestohlen.

Antwort 31.

Antwort 32.

Hotelzimmer Nr. 11

Antwort 33.

Das Dienstmädchen, denn am Sonntag wird keine Post zugestellt.

Antwort 34.

Die Liste der Chemikalien war ein Hinweis; ihre Abkürzungen der Elemente ergeben den Namen des Mörders: Ni-C-O-La-S.

Antwort 35.

Kassandra Uhlig wohnt in Haus D.

Antwort 36.

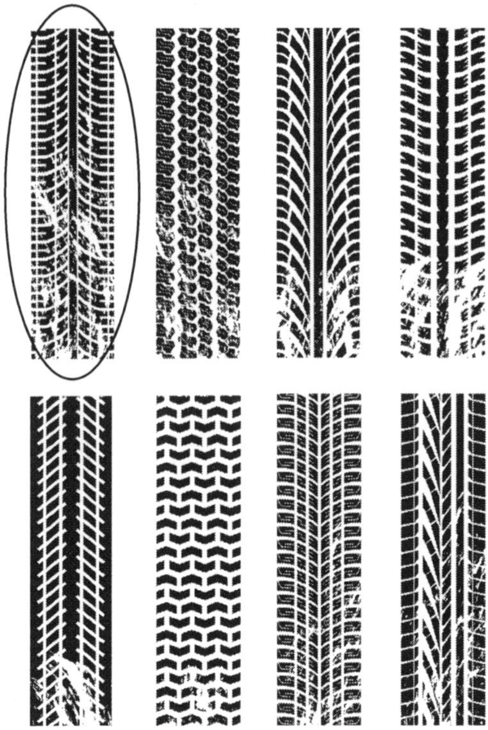

Antwort 37.

Der richtige Code ist: 319

Antwort 38.

Hinterhalt

Folter

Vergiftung

Lebenslänglich

Verletzung

Antwort 39.

S	I	E	H	A	T	I	H	N
23	17	15	13	1	5	17	13	14

M	I	T	I	H	R	E	M
7	17	5	17	13	6	15	7

C	H	E	F	B	E	T	R	O	G	E	N
10	13	15	9	20	15	5	6	22	11	15	14

Lösung: Sie hat ihn mit ihrem Chef betrogen.

Antwort 40.

Der Drogenboss ist 41 und sein Sohn ist 14

Antwort 41.

Die Polizistin hat insgesamt sieben Kinder. Vier davon sind Mädchen, drei von ihnen sind Jungs.

Testen wir zunächst, ob diese Konstellation auch wirklich zu den Aussagen der Polizistin passt:

Jede ihrer Töchter hätte drei Schwestern und drei Brüder, also gleich viele. Jeder ihrer Söhne hätte zwei Brüder und vier Schwestern, also doppelt so viele Schwestern wie Brüder.

Antwort 42.

Nimm jeweils den mittleren Buchstaben von jeder Stadt und du erhältst das Lösungswort: BERLIN

Antwort 43.

N	Q	G	B	C	U	G	E	B	R	G	H	P	G	Y	O	J	M	R
Q	K	U	U	Q	E	P	P	C	B	P	Q	V	E	F	Q	O	M	S
M	Q	S	T	T	N	H	E	I	M	T	U	E	C	K	E	G	D	E
H	K	I	Y	P	K	K	R	F	E	N	E	G	R	Z	F	M	J	V
L	B	Y	P	L	D	Q	K	E	C	F	J	S	V	S	F	O	K	O
F	G	V	V	O	L	L	S	T	R	E	C	K	E	R	M	T	J	U
A	G	L	W	U	Q	Z	X	O	M	C	Q	D	M	O	S	I	R	B
A	U	H	Z	J	D	F	D	Y	A	P	U	P	O	B	O	V	X	E
N	U	F	F	R	W	Z	F	E	L	A	C	K	R	H	N	B	L	B
S	T	Z	T	W	E	I	S	F	K	T	F	D	D	R	Z	M	R	E
T	D	O	A	R	I	A	F	G	P	H	T	J	A	P	Y	H	N	Z
I	U	B	L	O	A	E	R	P	I	O	Q	G	N	X	G	L	O	A
F	P	K	A	E	R	G	D	F	R	L	Y	Y	S	U	N	G	S	H
T	J	J	X	D	I	S	G	C	B	O	V	S	C	X	T	N	A	L
U	F	S	U	U	W	C	C	E	B	G	T	H	H	Q	X	R	I	U
N	D	M	Y	X	R	M	H	Z	B	E	C	Z	L	F	N	C	L	N
G	B	S	T	G	F	G	B	E	H	E	X	U	A	Q	E	K	O	G
F	F	U	S	L	P	M	U	K	Q	H	R	Z	G	Z	T	X	A	D
R	Z	Z	R	D	A	U	F	T	R	A	G	S	K	I	L	L	E	R

Antwort 44.

Karl muss maximal dreimal in die Schublade greifen, also drei Socken aus der Schublade holen, um mit den gezogenen Socken garantiert ein gleichfarbiges Paar erhalten bilden zu können.

Lösungsweg:
Wir sehen uns dazu an, welche Fälle auftreten können.

1. Socke
Wenn wir die erste Socke aus der Schublade ziehen, so ist diese natürlich entweder schwarz oder weiß.

2. Socke
Die zweite gezogene Socke kann nun ebenfalls entweder schwarz oder weiß sein.

Je nachdem, welche Farbe wir beim ersten Griff gezogen haben, können wir mit dem zweiten Griff bereits ein farblich passendes Paar haben.

3. Socke
Hat man mit den ersten beiden Griffen zwei unterschiedlich farbige Socken gezogen, so muss man natürlich notwendigerweise eine dritte Socke aus der Schublade ziehen.

Diese dritte Socke ist nun auch entweder weiß oder schwarz.

Da aber beide Farben bereits gezogen wurde, lässt sich aus den drei gezogenen Socken nun garantiert ein passendes Paar bilden.

Antwort 45.

Lösung: 1b, 2b, 3c, 4c

Antwort 46.

Uhrzeit	Modell	Farben	Standorte
10:00	Nissan	schwarz	Steigerstraße
11:00	Chevrolet	silber	Ahornstraße
12:00	Mazda	braun	Tulpenweg
13:00	Honda	grün	Römerweg
14:00	Toyota	blau	Laternenstraße

Antwort 47.

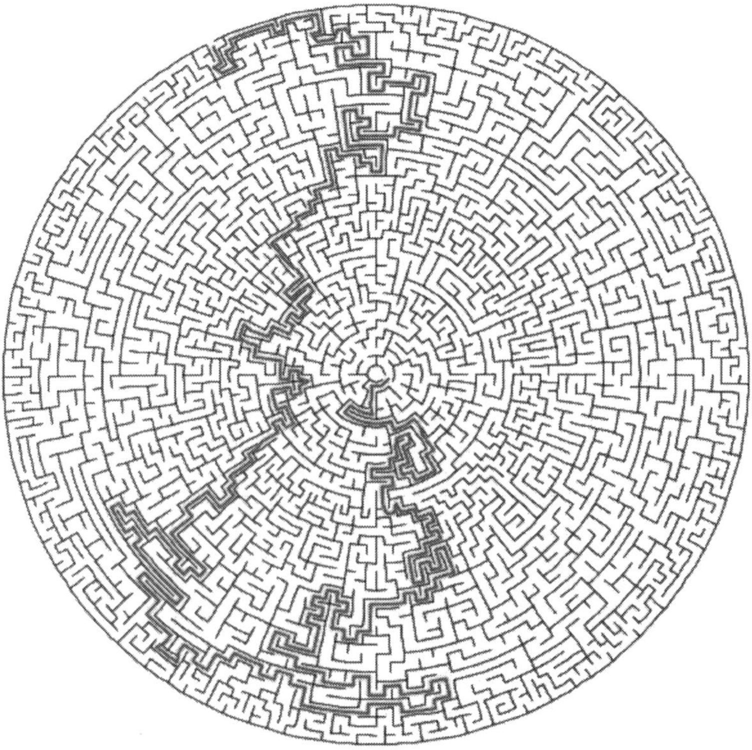

Antwort 48.

Bonnie ist heute 18 Jahre alt.

a = Alter von Bonnie

r = 24 = Alter von Clyde

r = 2 * (a - (24 - a))

24 = 2 * (2a - 24)

12 = 2a - 24

12 + 24 = 2a

36 = 2a

18 = a

Antwort 49.

Hotelzimmer Nr. 15

Antwort 50.

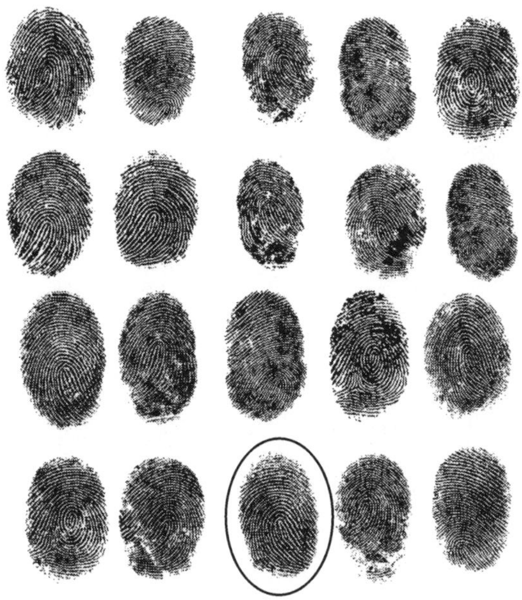

Antwort 51.

Der 28.08.888 ist das gesuchte Datum.

Antwort 52.

Der Code lautet: 164

Antwort 53.

„Ich werde von wilden Büffeln zertrampelt werden". Das verblüffte den König, denn wenn es wahr wäre, würde er von Löwen getötet werden, was die Aussage unwahr machen würde. Wenn es eine Lüge wäre, würde er von wilden Büffeln getötet werden, was die Aussage wahr machen würde. Da der König keine Lösung wusste, musste er den Mann gehen lassen.

Antwort 54.

Peter befahl ihnen, einen Kreis um ihn zu bilden. Die ganze Truppe war auf Peter gerichtet und bereit zu schießen, als sie erkannten, dass jeder Schuss, der Peter verfehlte, wahrscheinlich ein anderes Mitglied der Truppe treffen würde. Niemand wagte zu schießen, denn sie kannten das Risiko. So wurde er bei Sonnenuntergang befreit.

Antwort 55.

D	E	R	T	A	T	O	R	T
7	17	11	20	1	20	15	11	20

W	A	R	D	A	S	H	O	T	E	L
18	1	11	7	1	5	6	15	20	17	22

D	E	S	S	C	H	W	A	G	E	R	S
7	17	5	5	8	6	18	1	9	17	11	5

Lösung: Der Tatort war das Hotel des Schwagers

Antwort 56.

Der Diener sagte: „Meine Mutter möchte ihren Enkel auf einer goldenen Schaukel schaukeln sehen".

Antwort 57.

Elvira Gerdes lebt in Haus A.

Antwort 58.

Dr. Mavis hatte ihren ersten Verdacht, nachdem sie die Werkstatt und den Stapel Hüte gesehen hatte, und Olivias Beschreibung ihrer Halluzinationen machte es deutlich. In der Zeit, in der William Pritchett lebte, wurde bei der Herstellung von Hüten Quecksilber verwendet. William, Holly und Olivia starben an einer Quecksilbervergiftung, der sie über einen längeren Zeitraum in der Werkstatt auf dem Dachboden ausgesetzt waren. Zu den Symptomen gehören Zittern, Krämpfe, Fieber und Halluzinationen. Quecksilbervergiftungen waren unter professionellen Hutmachern weit verbreitet, daher kommt auch die Redewendung „verrückt wie ein Hutmacher".

Antwort 59.

Antwort 60.

Lösung: 1b, 2c, 3c, 4c

1. Auflage

Eike Stiegel wird vertreten durch:
Anna Kastner
Steigerstr. 5
45711 Datteln

Umschlaggestaltung und Satz: Sprudelkopf Design – www.sprudelkoepfe.com
Umschlagmotiv: iStockphoto maxkabakov, extracoin, Egor Suvorov und Depositphotos: sanek13744
Abbildungen im Innenteil: © iStockphoto, © depositphotos

Verantwortlich für den Druck: Amazon, Leipzig

Taschenbuch ISBN: 978-3-911341-29-5

Printed in Poland
by Amazon Fulfillment
Poland Sp. z o.o., Wrocław

44497968R00060